# अर्णव

# अर्णव
## (काव्य-संग्रह)

पूनम आनंद

विद्या विहार, नई दिल्ली

प्रकाशक : विद्या विहार,
19, संत विहार (पहली मंजिल), गली नं. 2, अंसारी रोड, नई दिल्ली–110002
सर्वाधिकार : सुरक्षित / संस्करण : प्रथम, 2018 / मूल्य : दो सौ पचास रुपए
मुद्रक : आर–टेक ऑफसेट प्रिंटर्स, दिल्ली ISBN 978-93-86871-44-2

**ARNAV** *poems* by Smt. Poonam Anand ₹ 250.00
Published by Vidya Vihar, 19, Sant Vihar (First Floor),
Street No. 2, Ansari Road, New Delhi-2

**जज्बात की दौलत**
**शब्दों के मोती**
**रचनाओं के सागर**
**मंथन कर अनंत**
**एहसास को उभार**
**'अर्णव'**

'अर्णव' काव्य-संग्रह के रूप में सामने देख
अपार हर्ष का अनुभव हो रहा है।

# अभिनंदन

इस पुस्तक के लेखन में मेरे मनोबल और उत्साह का जिन विद्धज्जनों, साहित्य प्रेमियों ने स्नेहपूर्वक मार्गदर्शन किया है, परोक्ष या अपरोक्ष रूप में सुझाव दिए, अपना कीमती समय दिया—उन सभी के प्रति मैं हार्दिक आभार प्रकट कर रही हूँ।

संभवत: मैंने पाठक-वृंदों के मनमानस में उतरने का प्रयास भी किया है, मगर भावों के प्रबल वेग ने कभी-कहीं किनारे भी कर दिया है। सच कहूँ तो मुझे यह कहते संकोच नहीं हो रहा है कि अपनी वाणी किसे कर्णप्रिय नहीं लगती, चाहे वह फीकी ही क्यों न हो। कतिपय कमियाँ रह गई हों। कुछ अभिव्यक्तियाँ अरुचिपूर्ण भी लगती हों, क्योंकि कोई रचनाकार पूर्ण नहीं हो सकता है। पाठकों से विनम्रतापूर्वक मैं क्षमा चाहूँगी कि वे अपना निरंतर सान्निध्य बनाए रखते हुए अपनी प्रतिक्रियाओं से मुझे अवगत कराने में संकोच नहीं करेंगे। ऐसे तो, हिंदी साहित्य ने अपने चौदह सौ वर्षों के लंबे इतिहास में अनेक रत्नों को जन्म दिया है और इसमें अनेक आयाम हैं—गद्य, पद्य, नाटक, निबंध, उपन्यास, कहानी, लघुकथा इत्यादि।

मैंने भी अपने काव्य-संग्रह 'अर्णव' को आपके सामने लाने का प्रयास किया है। मेरी साहित्य साधना को मूर्त रूप देने और मेरे भावों को स्वीकारना ही मेरी लेखनी की सार्थकता होगी।

मैथिलीशरण गुप्त के शब्दों में मेरी अभिलाषा है कि

मानस भवन में आर्य जन, जिनकी उतारें आरती।
भगवान्! भारतवर्ष में गूँजे हमारी भारती।।

# अनुक्रम

# कसौटी

खूनी चीत्कार घटना नहीं,
साजिश कहें हम, क्यों?
मोमबत्ती, जलाने को बेचैन हम।
सियासत की साजिश बेदाग क्यों?
आखिर बार-बार उठता है ये सवाल?
ये हैवानियत की सीमा तोड़ता कौन है?
खुद को कब तक यूँ ही धोखे में रखें हम।
अँधेरे में तीर चला, पूछताछ करते रहे हम।
दिन-रात पूछा करते हैं, मासूम एक ही सवाल
किससे-किससे बचकर रहें हम?
कौन है अपना? कौन पराया?
किस कसौटी पर परखें हम?
बच्चों का मन होता है निर्मल, कोमल,
रह-रहकर पूछता, कड़वे सवाल कैसे?
आखिर क्यों? वह जी रहा है, बनकर इनसान?
हैवानियत का रूप दिखाकर,
अपने इनसानियत को किया शर्मसार?
ऐसा क्यों माँ?
बच्चों! वह है मानसिक नपुंसक, दिमागी पागल!
उसे सजा दे दो, देर न करो
हथकड़ी लगाकर, काल-कोठरी में डालो उसे, माँ!
चुप हो जा, मत रो, कब तक सहेंगी माँ!
आएँगे सभी, संवेदना दिखाकर, खिसक जाएँगे,
अब और नहीं माँ! सहा जाता
चुप्पी तोड़ो या फिर मुझे दफना दो माँ। ❑

# संवेदना

संवेदना को रख किनारे, भींचकर आँखें
नदी किनारे चुपचाप खड़ी।
उधेड़-बुन में चहलकदमी करती
गहन सोच में तेजी से टहलने लगी।
माँ तो बनी नहीं, कहते हैं "बंजर
कोख है" मगर, जेहन में घुमड़ रहा,
सवालों पर सवाल,
ममता भी बंजर है? सोच भी मृत है?
संवेदना भी हरी नहीं है?
भले ही कटाक्षों के प्रहार झेलने पड़े हैं बारंबार!
सृजित नहीं किया तो क्या हुआ?
अधूरेपन का दर्द सहा तो क्या हुआ?
क्या सिर्फ मातृत्व का सुख ही वरदान है?
उसके अभिशाप का दंश पीड़ा नहीं?
इसे वो माँ महसूस नहीं कर रही होगी
जिसके कुपुत्र ने ऐसी घिनौनी हरकतें की होंगी
क्या? एक कोमल अबोध के दर्द को
भाव से जुड़ाव नहीं रख सकती?
ऐसे तो सभी कहते है 'अपूर्ण हो'!
तुमने दर्द, पीड़ा, प्रसव को महसूस नहीं किया।
मगर मानो या न मानो!
एक कोंपल तो फूट ही पड़ी है
'नई संवेदना के सृजन' की।

उसी जीव के छटपटाने की,
अंदर से तड़पकर,
हृदय से अंकुरित हुई हैं
उस जीव की चीखें!
जिस्म से लिपटकर, सहस्त्रों घार बहा रही है।
क्रोध के दावानल से जला डालने को,
हरेक उस गर्भ को
जो ऐसी नीच सोच लेकर पैदा हो।
ठोकर लगी, तंद्रा टूटी,
नींद से जागी, सुकून हुआ।
ऐसी औलाद से तो 'बंजर कोख' ही अच्छी होती
लानत है ऐसे 'संवेदना विहीन कोख' पर।

❑

# त्रासदी

बंद त्रासदी झेलता है,
सिर्फ शहर और दुकानों का शटर।
जिसे मजबूर होकर,
जबरदस्ती गिरवाकर बंद करवाया जाता।
संवाद आपसी बंद कर दिए जाते,
और बढ़ा दिया जाता है सिर्फ वाद-विवाद।
लोगों के बीच वैमनस्यता का 'माहौल'।
रोजी-रोटी की तलाश में,
रोज की दिहाड़ी पर कमानेवालों का,
बस! दबा दिया जाता 'करुण विलाप'
बुझ चुके चौके-चूल्हों की तरफ ताकते,
टुकुर-टुकुर दो कौर निवाले।
किसके मुँह में डालकर जान बचा ले पहले!
शहर के अमन-चैन को लुटता,
अंजाम देता बेबुनियाद 'बंद त्रासदी'।
कायदे से होती ज्यादा सामाजिक बंदी
'अंतर्मन' को झकझोर जाती।
सच पूछे, तो कई दफे बंदी जायज भी होती।
सही मतलब में वरदान होती,
उलझनों का समाधान
होती। वहीं कई बार,
मुट्ठी में रेत की तरह फिसलकर, भरभरा गिर जाती।
बंद त्रासदी अकारण हो तो
नुकसान ही पहुँचाती। ❑

# अध्यात्म

सूक्ष्म भले ही हूँ
लेकिन नाजुक नहीं।
संसार का कोई कोना
मुझसे है खाली नहीं।
बिल्कुल सही पहचाना मुझे,
अध्यात्म हूँ मैं।
जब तुम जीवन में
सबकुछ कर थक जाओगे।
उम्र के चौथेपन में तुम
मुझे बहुत याद करोगे। दरअसल,
चौथेपन में मुझे अपनाने की
रीत बन गई है।
मगर ध्यान रहे,
तुम्हें तब कहीं देर न हो जाए।
वक्त हाथों से बहुत आगे
कहीं निकल न जाए
तब सिवाय पछतावे के
कुछ हाथ नहीं आएगा।
अध्यात्म, स्वयं का अध्ययन है
कटु सत्य की तरह 'दर्पण' में
स्वयं को देख, आँकना है।
प्रारंभ से ही अपने आवश्यक है।
हृदय का मंथन आवश्यक है।

अध्यात्म अहिंसा है।
अध्यात्म से परे सब हिंसा है।
हिंसा को अपना गुरूर माननेवाले,
दूसरों के घर पत्थर मारनेवाले,
अकसर भूल जाते हैं कि काँच के शीशे
उनके घरों की शोभा हैं।
सच पूछे तो, अध्यात्म को अपनाने वाले
'विश्व विजयी गुरु' होते हैं।

❑

# इतिहास

अपनी कलम से लिखकर साथी तुम
भारत का इतिहास बदल देना।
अपनी शक्ति की बाती से तुम
चुनौतियों के दीप को जला लेना।
घड़ी की सुइयों जैसे मिलकर
समय के चक्र तुम बदल लेना।
धैर्य को अपनी पतवार बनाकर,
डूबती नैया को किनारे लगा लेना।
अपनी कलम से लिखकर साथी तुम
भारत का इतिहास बदल देना।
नित नए संकल्पों को पूरा कर
संसद की परिभाषा बदल लेना।
संदेशों को समझ-बूझकर
खुले मन से अपना लेना।
कल्पनाओं की उड़ान भरकर
आकाश में राष्ट्र पताका लहरा लेना।
अपनी कलम से लिखकर साथी तुम
भारत का इतिहास बदल देना।
प्राणी हैं हम वतन के अपने
उपहार भरोसे का है हमें देना।
संतोष है संपत्ति हमारी, सँजोकर
अंतर्मन के दीप जलाए रख लेना।
चाँद से शीतलता माँगकर हमें

ईर्ष्या, द्वेष सब भू में है दफना देना।
अपनी कलम से लिखकर साथी तुम
भारत का इतिहास बदल देना।
बसंत से मादकता को लेकर
चिर-यौवन का वरदान तुम ले लेना
दोनों हाथों से मेहनत कर
मरुभूमि में गुलिस्तां सजा तुम लेना।
वर्षा की बूँदों से रस रंगों को लेकर
मन-मयूर को हरीतिमा हरपल देना।
अपनी कलम से लिखकर साथी तुम
भारत का इतिहास बदल देना।
अवसर को निखारकर के तुम
त्रिलोक में परचम लहरा तुम देना।
नफरतों के कोलाहल से दूर तुम
संसार में शांति के बीज बो देना।
आँच कभी जब तुम पर आवे तो
अपनी लड़ाई से पीछे मत हट जाना।
अपनी कलम से लिखकर साथी तुम
भारत का इतिहास बदल देना।
नफरतों का कहर टूटे तुम पर
नदियों की तरह मार्ग बदल लेना।
खंजर से सीना चीरकर दिखा देना
विष-व्यंग्यों से घायल हो कभी
वक्त पर मुँह-तोड़ जवाब जरूर देना
अपनी कलम से लिखकर साथी तुम
भारत का इतिहास बदल देना।

❑

# वीर सपूत

हिंद के मेरे वीर सपूतो!
सरहद पर सीना तान खड़े हो।
निडर, बहादुर, वीर जवानो
आराम से तुम हो कतराते।
बाँध तिरंगा फर्ज निभाते।
दुश्मन से तुम नहीं घबराते।
हिंद के मेरे वीर सपूतों!
सरहद पर सीना तान खड़े हो।
चैन से नींद हमें सुलाते
बर्फ-सी सर्दी तुम हो सहते।
तानकर लिहाफ हम गप्पें मारते
खींच रजाई ठंडी में दुबकना चाहते।
सोच-सोचकर नींद उड़ जाती
सरहद पर रातें कैसी हैं होती?
हिंद के मेरे वीर सपूतों
सरहद पर सीना ठोक खड़े हो।
हिमालय की गोदी में सोना
नीली छतरी है उनका आशियाना।
माइनस डिग्री में भी डटकर
गरमी, सर्दी, बर्फ/ को सहकर।
हरेक सितम को हँसकर सहते
हरी दूब को बिछौना समझते।
आहट पर चौकन्ने होकर,

सिर पर कफन वो बाँध हैं लेते।
हिंद के मेरे वीर सपूतों
सरहद पर सीना ठोक खड़े हो।
रौंद देंगे दुश्मनों का सीना,
ऐसे हैं भारत माँ के नगीना।
माँ-बहनों की दुआओं का असर
जब-जब देश के आन पर आई।
सैनिको! तुमने ही माँ की शान बढ़ाई।
देश का बच्चा, बूढ़ा और सयाना
वतन की रखवाली को है तैयार।
लिख देंगे बहादुरी की कहानी
हिंद के मेरे वीर सपूतों
सरहद पर सीना ठोक खड़े हो।
माँ की तूने लाज बचाई।
पुत्र-धर्म की कर्ज निभाई।
कोटि-कोटि नमन साथियो!
लिखी जाएगी घर-घर कहानी
गाई जाएगी सबकी जुबानी
नहीं चलेगी गद्दारों साजिशें
भारत-भू के चप्पे-चप्पे पर है
देशभक्ति का खजाना।

❑

# सिंदूरी साँझ

सिंदूरी साँझ झाँक रही
दिल मोरा नादान रे!
ऐसे न देखो तुम तिरछी नजर,
ओ बाबरे! प्रेम का चढ़ा परवान रे!
सनसनाती फाग चली,
बलखाती, घर-अंगनाई रे!
उषा ने भी आँखें हैं खोली
ले लो, जी भर के अंगड़ाई रे!
प्रीत की डोरी है सबसे अनोखी
साँवरे रंग रस रसिया रे!
डूब-डूबकर झूम रही, कान्हा की सखियाँ रे!
देखो! देखो! सब मिल देखो!
राधा प्यारी मन-ही-मन, जल-भुन जाए रे!
रंग की संग, कान्हा के झूमते देख
राधा बेबस होई जाए रे!
ओ! पिया बाबरे साँवरिया, कैसे कहूँ?
मन की बतियाँ रे!
हाथों में रंग, भर लो अंक
बल जोड़ी रे! सह न पाऊँ, अब
तो दूरी, श्याम बिना, सूनी लागे होली
रे! रुनझुन पैजनिया,
बन् बैठी सौतिनियाँ। आ गले अब लग जा रे!
तन-मन भिगोकर!
रहे न कोई मलाल रे! ❑

# सत्य

"बॉस का बुलावा है।"
ऑफिस पहुँचते ही, चपरासी कह गया।
लो! ये तो हद हो गई,
जो किया भी नहीं था अब-तक
सब सुनने को तैयार हो जाओ।
छुट्टी के आवेदन भी आज ही देने थे।
लगता है, सब उल्टा-पुल्टा हो जाएगा,
कमबख्त, ये ऑपरेशन भी क्यों जरूरी हो गया
बॉस का बुलावा है ................
पानी का गिलास एक साँस में खाली कर,
हिम्मत बटोर, केबिन में दस्तक दी।
आओ! आओ! आइए!
जी, सर! आपने याद किया?
छुट्टी आपकी मंजूर है।
तनख्वाह एडवांस मिलेगी, एकांउट में,
कुछ बोनस भी होगा साथ में।
उधार की अरजी लगा देना, कागजात में
एक साथ इतने ऑफर की मानो बरसात
स्वप्न से जागी जैसे अचकचाकर,
कैसे आभार प्रकट करूँ?
नयन सजल हो उठे,
रोकते-रोकते दो बूँद टपक ही पड़े।
इतनी मेहरबानी, तोहफा अहसान से दब जाऊँगी,

ये बोझ उठाकर चल नहीं पाऊँगी।
आपका बेटा कुशल सर्जन है,
आपने अब तक मुझे अनजान रखा
नामी डॉक्टरों के ठुकराए केस को
उसने ही सुधार, ठीक किया।
नव-जीवन बच्चे को दिया।
भगवान् का दूजा रूप है आपका बेटा,
कैसे? कहती सर!
काबिलियत डॉक्टर के पास,
"विधवा माँ के श्रम
से नहीं उसके परिश्रम से है।"
'सत्य' से अनजान आप, माँ!
बच्चे की थी, डॉक्टर की नहीं।
मामूली स्टाफ के लड़के जान,
'काबलियत' पर उसके शक करता।
'सत्य' से अनजान, डॉक्टर बन गया,
'भगवान्' ऐसे समय में चुप रहना होता बेहतर।

❑

# आजादी

भारत माता के आँचल तले,
देश प्रेम की गाँठ बाँध ले,
बहुत सहा है अब और न सहेंगे,
जीवन-पथ पर डटे हम रहेंगे।
राहें कठिन भले हों, लेकिन
अपने बल पर, खुद हम बढ़ेंगे।
जल-थल हो या नभ खुला
ढूँढ़कर दुश्मन हम भगाएँगे।
आन-शान की बात कही हो,
माटी को लहू से भिगो हम देंगे।
देश रक्षा का वचन निभाना
माँ के दूध की लाज है बचाना।
बहनों की राखी का मान बढ़ाना।
बहुत सहा है अब और न सहेंगे।
भारत भू का जर्रा है प्यारा,
जान से प्यारा तिरंगा हमारा।
कसमें हम माटी की खातें
माथे तिरंगा लपेटे हम रखते।
वतन सुरक्षा मुकुट हमारा
देशभक्त को भू-दौलत से प्यारा।
कहते हैं कदम-से-कदम मिलानेवाले
शान से तिरंगा सपूतों ने लहराया।
मौत का तांडव सर पर नचवाकर,

तानकर सीना प्रहरी तैयार।
'शखंनाद' विजयी का सुनकर
वंदे मातरम्! जयघोष भी करते।
हिंदुस्तान की हर बात निराली
जज्बातों की दौलत देखकर
गोद का बच्चा बोल पड़े
'देशभक्ति का खजाना कम न पड़ेगा'
वीर शहीदों की इस पावन धरा पर,
हरेक घर में सैनिक ही पैदा होगा!
ऐ वतन, हमें नाज है तुम पर
तुम भी हम पर नाज करो।
हरेक व्यक्ति नाज करे तो,
जश्ने आजादी खुलकर मनाएँगे।
देशवासी आज।

❑

# जिंदगी

ऐ जिंदगी! तू हो न अब उदास
मुझे तो बस! जीवन की आस
तिनका-तिनका जोड़कर, रिश्तों की बुनियाद जमाई।
पाई-पाई जोड़कर जमा-पूँजी बचाई।
थक-हारकर घर को लौटूँ,
तन-मन को आराम पहुँचाऊँ।
सुकून की रात घर में गुजारूँ।
परिवार, बच्चों को बुरी नजरों से बचाऊँ।
दो जून की रोटी मैं खुद भी खाऊँ
और सभी को चैन से खिलाऊँ
चारदीवारी में अपने एक पल साँस लूँ।
मगर, होनी को था, कुछ और ही मंजूर
ऐ पंचतत्त्व! इनसान से भी निष्ठुर
न जाने कब का बैर चुकाया,
जन्म-जन्म का बदला सधाया।
बहा ले गया सब सुख-चैन,
खो गया सब एक ही झटके से।
रुक! दो पल ठहर।
न हो व्याकुल/उफनती नदी के वेग सी
तू तो चली जाएगी, मगर, सबकुछ सर्वनाश करके।
मैं हाथ मलता रह जाऊँगा,
कुछ नहीं बचा पाऊँगा,
स्वयं के क्रोध छोड़कर।

भले ही समेट पाया अपना आशियाना।
लेकिन, उम्मीद के दीपक से हौसलों की तेल भरकर उड़ान,
फिर से बना लूँगा नई दुनिया
बस! तुमसे है, इतना ही कहना,
आखिरकार! ये जंग है
हमारी तुम्हारी फितरत की,
जो बारंबार करती रहेगी, प्रहार! सिर्फ प्रहार!
ऐ जिंदगी। तू हो न अब उदास
मुझे तो बस! जीवन की आस।

❑

# घरौंदे

पैदा तो हम इनसानी बस्ती में ही हुए थे।
वक्त की आँधी में हम भी यूँ भटकते गए।
पैसा कमाने की धुन में शराफत भी खो दी।
मान-सम्मान की शोभा हम छुपाकर रख गए।
बेजान परछाई भी मुश्किल में साथ छोड़ गई।
जिंदगी की सच सहचरी बन, साथ-साथ रही।
हकीकत बयाँ कर देंगे, हम दोस्तों तो यकीन मानो,
हवा का रुख ही बदल जाएगा मित्रो!
सच से परदा हटाओ,
हकीकत का सैलाब बहाओ।
घोंसला बनाने में हम यूँ मशगूल क्यों हुए!
यकीन मानिए, हमारे अपने भी कुछ अपने थे, जिसे भूल गए।
चाहतों से कितने घर उजड़ गए,
आशियाना बनते-बनते सब बिछड़ गए
सूरज छूने की कोशिश में कितने पंख झुलस गए।
ऐतबार अभी किया नहीं कि, वे विश्वास क्यों!
घृणा से चेहरे घूम गए।
पसरे सन्नाटे को तोड़ना चाहा तो,
सूनी आँचल से ममता चुरा ले गए।
इनसानों की बस्ती में हम क्या ढूँढ़ते रह गए?
तिनका-तिनका जोड़ा था,
एक आँधी के झोंके से सब उड़ गए।

❑

# खुशी

गमों की पथरीली राहों पर
चलने से थक हम गए।
वक्त का पता कुछ नहीं चला,
बेवजह हम बार-बार घड़ी देख रहे।
कहने को तो बहुत कुछ अभी
सुननेवाले अब मिलते नहीं।
कुछ सुनने को तैयार हो गए मगर,
जुबान ने शब्दों पर ताला जड़ दिया।
रिश्तों के बंधन में पुनः जकड़ते चले गए।
एक मुसकान अधरों पर लेकर,
वापस हम लौट गए।
साथ निभाने का वायदा
हमने खुशियों से किया,
मगर, अफसोस! अपनेपन की झूठी चादर ओढ़कर
कोई सगा ही दगा दे गया।
जीवन की हरेक बात होती निराली,
गाँठ में दम है तो, परछाई भी साथ-साथ चलती।
क्षण भर में पासा पलट, डगमगाते कदमों से ही सही,
दुनिया से बच कर खुशियाँ घर में वापस आ गईं।
सारे गमों को पीछे ढकेलकर,
खुशियाँ बेहिचक गले लिपट गईं।
जीवन की फिर से स्टाइल बदल गई।

❑

# डर

मैं डर हूँ। मुझे पहचाना आपने?
मेरे बहुत हैं मजबूत साथी,
वक्त के साथ मैं सबसे,
एक-एक कर मिलवाऊँगा।
शक्ल मेरी डरावनी नहीं
मगर अक्ल जरूर मुझे देखते मारी जाती।
दरअसल, मैं हूँ एक मात्र कोरी कल्पना
तभी तो मुझे महसूस करते
अच्छे-भलों की घिग्घी है बँध जाती।
मेरे से तो सभी दूर भागना चाहते।
ऐसा सच सभी हैं कहते सच में
डर से आयु भी हो जाती 'क्षीण'
कोई राज भी डर के पीछे छुपा होता है।
इसके दूसरे साथी का नाम झूठ है
डर से ही झूठ का जन्म हुआ
झूठ बेनकाब हो जाता,
वहीं, डर अच्छे-भले का पकड़ नहीं होता।
झूठ बोलने में झिझक नहीं होती
डर से बोलती बंद हो जाती।
'एहसास' है तीसरा मजबूत साथी
कंपन कर हृदय में हर पल धड़कता।
एहसास डर से दुबक, पीछे खड़ा रहता।
खुली आँखों वाले को ही,

'एहसास' नजर है आता।
'एहसास' डर और झूठ के साथ
खूब मौज में रहता।
चौथा घनिष्ठ मित्रा है 'छल'
डर, छल साथ मिल गए तो
अच्छे-भले की नींद उड़ जाए।
छल और भय मन किसी के
नहीं है माया।
एक बात और है मित्रो
एहसास जिंदा हो तो जिंदगी सँवर जाए
छल का दूजा रूप 'अमीरों का निवाला'
कभी वहीं गरीबों का सहारा
'डर' है सबका रखवाला।
वो खत्म तो साम-दाम-दंड भी लोप।
झूठ कभी जान बचा देता कभी
सर से पगड़ी उतरवा देता।

❑

# मुरदे

हम अभ्यस्त हो चुके हैं
अपने ऊपर होनेवाले अत्याचारों से।
हरेक शक्ल डरावनी और भयभीत करती,
दरअसल, यहाँ गूँगे-बहरे और जमीर से
मरे पड़े, लोग भरे पड़े हैं।
यौन शोषण के कारनामों से,
सब-के-सब त्रस्त हैं।
क्या? सचमुच सबकुछ अनवरत चलता रहेगा?
ऐसा भी नहीं है अभी
'धरा' पर इनसानियत अभी जरूर होगी।
इनसानों की भाषा कोई तो समझता होगा?
'वात्सल्य' कोई तो जगाए रखता होगा!
खूबसूरत दुनिया किसी को नजर आई
ख्वाबों को सुनहरे चलने दिया होगा?
'गूँजते कोलाहल' की भाषा को महसूस किया होगा!
उजड़े चमन में गुलिस्ताँ सजाया होगा?
नन्ही कली को मुसकराने दिया होगा?
न जाने घनी धुँध से काला साया
निकला, और दबोच लिया 'जान को'
हया का परदा हटा, मरोड़ दिया 'कलियों को'
उड़ने के सपने सँजोई आँखों में
पंख बेदर्दी से कतर दिए।
औरतों की कौन सुने,

मासूमों का बचपन कुचल गया।
जमीर मरा है, शैतानों के अंदर
तभी गूँगा–बहरा बना दिया
'मर्दानी' का चोला पहनकर अब
घर–घर झाँसी बनाना होगा।
'ज्वाल' को अपने 'ढाल' बनाकर
'शक्ति' को जाग्रत् करना ही होगा।
जीते जी बने 'मुरदे' को नींद से
जगाना होगा।
'कोमलांगनी' के मुहर हटाकर
अपने जमीर को जगाना होगा।

❑

# नाम

नाम कमाने की धुन में
कब खुद के हाथ जला बैठा।
नेता चाहे हो अभिनेता
नाम सभी को अपना भाता
खिलाड़ी हो चाहे अनाड़ी
शोहरत तो है सबको प्यारी।
बच्चे बूढ़े सभी सयाने
नाम के अपने होते दीवाने
सच पूछो तो नाम कमाने की
धुन में कब खुद के हाथ जला बैठा।
काला धन पकड़ा नहीं जाता
नाम हमारे साथ न होता।
भाग-दौड़कर सब बच जाते
'नाम' का राज समझ वो पाते।
जन-धन कोई पकड़ नहीं पाता
आँख-मिचौली से भी बच जाता।
नाम-नाम में नाम निराला
कब हो जाता खेल-बिगाड़ा।
सच पूछों तो नाम कमाने की
धुन में कब खुद के हाथ जला बैठा।
लॉटरी हाथ किसी के लगती
नाम कमाने की लत जोड़ती।
चूहे-बिल्ली के दौड़ा-दौड़ी से

बची लुटिया भी डूब है जाती।
नाम कमाने की धूनी में
हाथ किसी के शोहरत लगी।
देखा-देखी के चक्कर में
नौ की लकड़ी नब्बे मिलती।
नाम कमाने की धुन में कब खुद के हाथ जला बैठा

❑

# खोईचा

खोईया में दूब-धन और हल्दी ले
'दूधो नहाओ खूब फलो' का आशीष ले,
संस्कारों की गठरी बाँधकर,
लाज-मान की ओढ़नी ओढ़ाकर
ढेरों उम्मीद के सपने सजाकर,
मायके की ड्योढ़ी लाँघकर,
ससुराल की तरफ कदम बढ़ाई।
मीठे गुदगुदाते गीतों से स्वागत,
तन-मन में झुरझुरी सी बोई गई।
चुटकी भर सिंदूर की लाली से मायके की गलियाँ पीछे छूट गईं।
जीवन का नया सफर शुरू हो गया,
कुछ अनजाना भय ससुराल का सशंकित कर रहा था।
तभी कानों में आवाज सुनाई पड़ी
'घबड़ा मत बहुरिया' संस्कारों की गठरी,
जिसे बाँध लड़की दोनों कुलों का मान बढ़ाती है,
खानदान की खुशबू उतनी ही दूर तक जाती है;
बेटियों की खुशियाँ देखने मायके की गलियाँ भी तरसती हैं;
एक-एक रिश्ते को जोड़कर आशियाना सजाती,
बेटियाँ त्रिलोक में भी पूजी जाती हैं।
यादों से चुनकर, अपनी पिटारी खोलकर
मनकों की माला गूँथकर घरौंदे को सजाती
ये तो खोईचा के दूब धान से असंभव को संभव बनाती है।
अपने पंखों में उड़ान भर तिनका तिनका जोड़कर

दो कुलों का मान बढ़ाती है।
व्याकुल मन मचलता है,
लड़कियाँ पराया धन मान विदा होती हैं।
संस्कारों की गठरी में प्यारा रिश्ता जोड़कर, बहुरिया घर को आई है।
तभी तो "दुल्हन ही दहेज है"
सुनकर घर की रौनक बन जाती है।

❑

## आदमजात

आज फिर से पूछना चाहती हूँ
'एक सवाल'
क्या तुम्हें शिकायत है?
रिश्तों में भरे पड़े
सैकड़ों गिले-शिकवों से?
जिसे जमा कर रखा है,
कूड़े के अंबार-सा, दिमाग के बड़े हिस्से ने,
क्या तुम्हें इंतजार है?
न जाने कब आएगा वह!
जो इन सभी कचड़े से निजात दिलाएगा,
कभी खुद से कभी दुनिया वालों से
और कभी मनुष्यता से,
न जाने किस-किस से पूछते फिरते हो!
मेरी मानो तो आज ही नहीं,
नहीं ढूँढ़ पाओगे कभी
इन सवालों के कभी जवाब।
शिकायतों के पुलिंदों से उठना होगा ऊपर,
तभी मिल पाएगा निदान,
मैं भी उकता गई हूँ।
'झूठ-फरेब' के वायदों से,
'कल तो तुम्हारा है' यह सुनकर ढ़ीठा गई
दबी हुई सिसकियों से,
बंद पड़े दरवाजों की चीखों से,

आँगन की दीवारों में
कैद 'सोने के पिंजरे से'।
बस! एक सवाल का जबाव दो न?
क्या सच में स्वतंत्र है?
निर्णय लेने में सक्षम है?
चुप्पियाँ टूटी हैं?
निकल पाई है मकड़जाल से?
परिस्थितियाँ अनुकूल हुई हैं?
तोड़ पाई हैं विषम घेरेबंदी को?
खोल पाई बँधी मर्यादा की जंजीरों को?
नहीं न? क्यों? क्योंकि
हमें शिकायत भी है और आशाएँ
भी हैं सिर्फ 'आदमजात' से।

❑

# फुदगुदी

महामिलन की साखी है ये प्रकृति
और फुदगुदी चिरैया।
शुरू हुआ सदियों पूर्व का एक सफर,
जो आदि से अंत का गवाह बन रहा अभी।
ये फुदगुदी चिरैया!
हमें भी बिसरने नहीं देना चाहती,
तभी तो अपने यादों की पिटारी में से हमें
चुन-चुनकर गिनवाना चाहती।
एक-एक कणों को चुनते-बुनते
अपने रिश्तों को समेटना चाहती।
अपनी मस्ती, स्वेच्छा की कीमत और
दहलीज पर अपने अधिकार।
कभी अकेले कभी झुंड की झुंड,
वे आपस में कोलाहल करतीं।
एक स्थान से दूसरे स्थान तक
अपनी पहचान बनाने की होड़ में,
शोर मचातीं, फुदकती
मानो लगता है कि झगड़ा कर,
बताना चाहती है अपनी अहमियत।
मैं हूँ गृहस्वामिनी तेरी,
सच, पूछिए तो ये घर की बेटियों जैसी है।
'फुदगुदी' पूरे घर-आँगन में दौड़ती
पायल की रुन-झुन खनकाती,

कब चुपके-से बड़ी हो जाती
नई पौध की तरह तैयार,
परिवार की नींव बनाकर,
पलक झपकते उड़ान भरने को तैयार
फुर्र-फुर्र फुदकती नन्ही चिरैया!

❑

## पालनहार

मझधार में मेरी नैया फँसी
पालध्हार किनारे पहुँचा देना।
सितम का मुझ पर कहर टूटे
बनकर ढाल तुम सहायक होना।
राहों से अपनी भटक जाऊँ
कदमों को सही दिशा में मोड़ देना।
ऊँच-नीच से डगमगाई डगर
ठोकर खाने से पहले सँभाल लेना।
कौन से हाथों में मिलेगी चाभी
किस्मत बिगड़ने से पहले बता देना।
अगर, देख कुछ ललचा जाऊँ
अदृश्य दृष्टि देकर बचा लेना।
मेरी दुआ तुम कुबूल करना
वरना, जग में तेरी ही रूसवाई होगी।
आँधी आने से पहले घोंसले
मेरे बचा लेना।
मेहनत मेरी हो सफल
इस बात का इंसाफ तुम कर लेना
सारा जीवन तुम्हारे चरणों में
पग-पग पथ प्रदर्शक तुम ही बनना।
एक बात का रखना ख्याल।
कदम फिसलने से पहले
जगत् में जगहँसाई तुम रोक लेना।

❑

# गौरैया

पत्थरों की मानव बस्ती में
धरती का सीना चीर,
हरेक घर में चहचहाने को तैयार,
घुस जाना चाहती गौरया।
शहरों की धूल उड़ाती गाड़ियाँ
हर दिन सुबह-साँझ को ढक लेती,
पानी की दो बूँदें पीने को
तरसकर, तड़प जाती गौरैया।
बेदम बेहाल हुई दुपहरी को
पसीने से लथपथ मुसाफिर देख
व्याकुल-सी छटपटाती खोजती
छप्पर, छाँजन ढूँढ़ती है गौरैया
गाँवों की छोटी 'भुड़की' को
ताकती-झाँकती गौरैया।
मीठी हवा को तरसते,
आम्र मंजर, भौंरे को तरसती
मानुष को गारे-चूने के बीच,
पल-पल तरसते हुए देखकर
चुपचाप कैसे? देख पाएगी गौरैया।
समाज में रहने के तरीके,
जीवन जीने के सलीके,
जरूरत पड़ने पर लड़ने की कला,
ये सबकुछ बतलाती है 'गौरैया'। ❑

# जन्नत

तेरी आँचल की ठंडी छाँव तले
जन्नत बना है ये माँ।
तेरी पाँव की जमीन तले
स्वर्ग नजर आता है माँ।
मेरी खुशियाँ हैं तुम्हें प्यारी
मेरी दुनिया हैं तूने सँवारी
तेरी आँचल की ठंडी छाँव तले
जन्नत बना है ये माँ!
एक मुसकान पर झूमने वाली
तू है सभी से बहुत प्यारी
मेरे भाग्य जगे है तुम्हें पाकर
तू है सभी से निराली
तेरी आँचल की ठंडी छाँव तले
जन्नत बना है ऐ माँ!
मुझे गोदी उठाकर ऐ माँ!
तुम कहती, खा ले एक निवाला
तेरी ममता के मीठे प्याले
सारे जहाँ से भी है प्यारे!
नभ से एक-एक मोती बटोरे
धरा पर तुम मुझे हो लाई
तेरी आँचल की ठंडी छाँव तले
जन्नत बना है माँ!
तेरी बातों में अमृत का पानी

हमें देता है धरा पर जिंदगानी
पसीने से भीगा तुम्हारा आँचल
सुकून का है 'सागर'
थका मुझे पाकर, घंटों मुझे सहलाती
मेरा नाम करेगा रौशन मेरा राजदुलारा,
ऐसा तू गाती गुनगुनाती।

❑

# रिश्ते

पत्तों सी हो गई जिंदगी
कुछ हरे रहे, कुछ सूख चले।
रिश्तों की भी गाँठ निराली
कुछ जुट गए, कुछ टूट गए।
यादों का मेला अलबेला
अरमानों की डोली सजाई
कुछ बैठ चले, कुछ रूठ गए।
ख्वाहिशों ने ली अँगड़ाई
कभी धूप छाई कहीं अंधियारी।
लाज-शर्म का परदा उठा
कभी हँस पड़े तो कभी आई रुलाई।
तूफानी था वह तेज कहर
कभी लुटा दिया, कभी डूबो दिया
आँखों से बरसा बनकर पानी
तिनके जैसे सब बिखर गया
इंसानियत भी समय पर काम न आई।
मानव के ही गलती से
मानवता भी फूट-फूटकर रोएगी
कभी सुनामी, कभी भूकंप
प्रकृति ने दे दिया कैसा दंड?
जीवन जब भी खतरों से घिरता,
होश सभी के उड़ जाते
हाथों से डोर छूट जाती तो
पछतावा कर माथा फोड़ते।

❑

# मासूम बचपन

सुनकर उनकी राम कहानी
भर आया आँखों में पानी
कहाँ गई वो नन्ही मुनिया
कैसे गुम हो रही नानी की कहानी?
मासूम बचपन के हाथों में
कभी झुनझुने और पतंगें थीं।
न जाने कब, कैसे और कहाँ
पीछे छूट रहा है बचपन।
अब तो उनके हाथों में
बंदूक, बम ही खिलौने हैं।
साथ में कट्टे-हंटर हरदम
खो रहा है सुहाना बचपन
इनसानों ने ही दिया था पैगाम
ईश्वर-अल्लाह तेरे हैं नाम
न जाने कौन थे? वे मनहूस समय
बिकने लगे बेबस लाचार,
शैतानों ने ऐसा जाल बिछाया
कत्ल किया इनसानियत का
मानवता के छद्म वेष में
बहरूपिया बन छुपा इनसान
मासूम को बनाया हिंसक से हैवान
रोटी कपड़ा और मकान
यही तो चाहता हरेक इनसान

कागज की नाव चलानेवाले
तितलियों के पीछे दौड़नेवाले
कहाँ खो गई है उनकी मुसकान ?
नौनिहाल का छिन गया बचपन
दादी-नानी की कहानी ढूँढ़कर
बच्चों को सुनानी होगी।

❑

# राष्ट्र मल्हार

सुनो-सुनो ये देश बंधुओं
सबको अब जगाना है।
बचपन की मधुशाला जैसी
काश! हमारी दुनिया होती,
बच्चे-बूढ़े और सयाने
साथ में नन्ही गुड़िया होती।
हिंदू-मुसलिम, अगड़ा-पिछड़ा
मिट जाता इन सबका झगड़ा।
किसी कवि ने खूब लिखा है
"हम सब सुमन एक उपवन के
सब आपस में भाई-भाई।"
अलग भले हों रंग-रूप हमारे
भले अलग लगाए अपनी क्यारी
लेकिन इन सबसे मिलकर
इस उपवन की शोभा प्यारी।
अब कैसा शरमाना मित्रो!
इनसानों को जीते जी मर जाना है!
दो जून की रोटी खातिर
इनसानों को दर-दर पर भटकना है।
कीचड़ में कमल खिलते
बस! खुले हृदय से अपनाना है
इनसानियत का पाठ याद रहे तो
स्वार्थ का चोला उतार फेंकना।
मानवता जीवन का आधार बने
हमें सदैव परमार्थ अपनाना है।

❑

# बेबसी

अपने इर्द-गिर्द कुछ रेखाएँ सी खींच
चुपचाप सिमटी-सी वो कोई औरत ही है।
आज की औरतें बेबस क्यूँ हैं?
यह जानता हरेक इनसान है।
क्योंकि तमाम अच्छाइयों के बावजूद भी
कुछ स्वयं की खामियों ने उसे जकड़ रखा है।
यह वह बखूबी जानती है।
दरअसल, विश्वास की डोर को वो,
कमजोर कड़ी बनाकर जीना चाहती।
अपने चारों तरफ एक जाल बुन लेती,
बस! यही वह मकड़ी की तरह उलझ जाती
और नहीं निकल पाने पर,
बेबस-घायल हिरणी सी छटपटा उठती।
अपने भोलेपन का खुद शिकार बनती।
चतुर शिकारी के जाल समझ न पाती,
उदासी का ओढ़ लबादा, मन-ही-मन घबराती।
मुँह से कोई बात न निकल जाए,
वो डर-डर जीती।
भेड़िए के बंधन को ही अपने,
मुक्ति का मार्ग समझती है।
दुनिया भर की बातें सोच-सोचकर
वह दिन-रात घूटती रहती।
अपना जीवन अँधेरे में रखकर,

वो रोज मौत के साथ सोती
मगर नहीं! सिसक–सिसककर रोनेवाली,
तू कल थी जग में अबला नारी
रुको! ठहरो! उसके अंदर चेतना जागी,
नारी हो गई अभिमानी
चुप्पी साध नहीं बैठेगी
भर हुँकार खड़े होकर धरातल पर,
अपने दंभ पर ख़ुद लड़ेगी।
नहीं मानेगी दुराचारी से हार
क्यों सहेगी वह अत्याचार?
देना जान गई, वह मुँह तोड़ जवाब
बेबसी की चादर उतार फेंक वह
खुद से करेगी अपनी फरियाद।

❑

# माँ

सीप में मोती जैसे
ममता अपने सँजोती
धीरज के सेतु बाँध
चेतना की ज्योति जलाती है माँ।
बेटी की पीड़ा जिलाती है माँ
बेटी की पीड़ा को तो एक
जननी ही बेहतर समझेगी,
ज्ञान से अपने सरोबार कर
अधिकारों का पाठ पढ़ाती है माँ!
श्रद्धा के साथ-साथ
सृष्टि के बीज सृजन करती
हौसलों से रौशन चिराग जलाती।
अँधेरों का नया सूरज है माँ।
नफरतों की दीवार के बीच
प्रेम के पौधे लगा देतीं नारियाँ।
तुषार की बूँदों सी कोमल
कमल-पत्र की एहसास है माँ!
जन्नत की बेखौफ सैर कराती
सुर्राख के पंख लगा उड़ाती
पत्थर की सर जमीन पर
मुसकराहट की क्यारी है माँ!
बबूल के पेड़ बो दिए हैं तो खिल जाएँगे कैसे?
गुलाब, कचनार

आदर्शों की पोटली ढोती
नारी शक्ति की रीढ़ है माँ!
कसौटियों की राह पर तैयार
थामे हाथों में स्नेह डोर को
उज्ज्वल सवेरे की चाह रखती
दरवाजे पर खड़ी मिलती है माँ!

❑

# स्वयं सिद्धा

तुम मुझे मिलती
सीप में मोती की तरह।
जैसे मरुस्थल में बसंत ने
ले ली हो जी भर के अंगड़ाई।
केशों की घना छाया
जैसे साँझ की झुरमुट बेला।
मादकता को समेटे पकड़े
सागर तट पर लहरों से खेलती।
इठलाती–बलखाती हुई,
कभी अधरों पर,
कभी–कभार यूँ ही
गालों पर। जैसे लिपटकर कुछ कहना चाहती।
आभा से पूर्ण ओजस्वी चेहरा,
शर्म से झुकी पलकें, बोझिल आँखें जैसे
नव यौवन को पहली होली लगे।
माधुर्य से भरी हुई,
लावण्य को छुपा आँचल से
जैसे भोर की बेला में
घूँघट की ओट से
दुलहन रश्मि का झाँकना।
दो पल को राह चलता
मुसाफिर भी ठिठककर रुक जाए।
जैसे असंख्य बुलबुलों की तरह
सतह पर आना और पलभर में गायब होना। ❑

# आदत

मानो या न मानो
तुम–हम कैद हैं
अपनी ही आदतों से
बनी हुई पहचान से।
अपने बनाए हुए उसूलों से
स्वयं आसपास के बुने हुए जालों से।
मानो या, न मानो
हम जकड़े हुए हैं
अपनी ही उलझनों से
सृष्टि के विशाल भू पर
अपने सोच के दायरों से।
रात गई, बात गई, यह सच है मगर
परायी पीड़ा नजर नहीं आई है।
मानो या न मानो
हम कसमसा रहे हैं हरदम
कैद हैं उन किताबों में
पन्नों के अंदर,
शब्दों की तरह फड़फड़ाते हुए। तड़पते हरपल
हमारी मानसिकता, जस की तस जो रही।
मानो या न मानो
हम छटपटा रहे हैं
बेबस, लाचार है।
नजो लपेटे जा चुके हैं,

अपने ही बुने जालों में
आसपास के जालसाजों से
कुछ चिर परिचितों से
कभी कुछ तामशबीनों से।
मानो या न मानो
हम कैद हो चले
पिंजरे के उस पक्षी की तरह
जिसके सुंदर परों के कारण
उसे मरोड़कर, पिंजरे में कैद किया गया
और वह तड़पता रहा जाता।
मानो या न मानो हमें
चीखते-चिल्लाते आवाज कर्करा
दिल को दहला, डरा जाते।
सन्नाटे का चीरती बेबस चीखें
जिसे सुनकर हम 'बहरे' हो जाते।
अदालतों की चौखट
पर एड़ियाँ घिस जातीं हमारी
बच निकलने का रास्ता नहीं सूझता,
और जुझता चला गया
पर, मानो या ना मानो
अब कुछ भी असर नहीं होता
इन सबकी आदत जो पड़ गई।

❑

# चिनगारी

एक चिनगारी
सबकुछ पलभर में
जलाकर राख कर देगी।
चाहे कितना भी कीमती क्यों न हो
आखिर! वो एक चिनगारी है।
रिश्तों के कटघरे में
शक की चिनगारी
पलभर में सबकुछ बदल लेती।
खड़ा कर देगी अदालत के कटघरे में
सही या गलत
रिश्तों के सभी 'बंधन' तोड़कर।
'तोहमत' लगाकर।
ओ एक चिनगारी!
चुगलखोरी जैसी
विषैली बिना काटे ही 'जलन' और दर्द देती
जीवित रिश्तों को ढोती रहती
ओ! एक चिनगारी
'जलनखोरी' की दुनिया
भीड़ में बिना माँगे
मिल जाती।
ओ! एक चिनगारी
अपना बोझ खुद उठानेवालों को भी
चैन से सोने नहीं देती।

ओ! एक चिंगारी
लांछन बनकर लगा देती
ऐसा दाग जिसे धोया जाता है
बारंबार मगर हठी इतनी
मिटाने के बाद वो जिद्दी
निशान छोड़ती गहरी।
ओ! एक चिनगारी
अरमानों को जलाकर
राख बना देती है।
चाहे वो कितना भी 'प्यारा' क्यों न हो!
ओ! एक चिनगारी
लाश को भी जलाती रहती
अंतिम संस्कार का दायित्व
स्वयं ही उठाती रहती।
ओ! एक चिनगारी
बोझ बनकर
भीड़ का हिस्सा बन
ढोती रहती सभी नाउम्मीदियों को
काँधे झुकाकर,
चुपचाप सिसककर, तिलमिलाकर
मगर, एक जवाब दो? तुम क्यों हो?
तुम्हें, सिर्फ तुम्हें भी
तिल-तिलकर जलाना ही तो आता है।

❑

# ठिकाना

मेरे दो नयन
ढूँढ़ते हैं कोई
नया ठिकाना।
मन है बहुत व्याकुल
सँभालने से सँभला नहीं जाता।
नश्वर शरीर, कमजोर खुद में इतनी
शक्ति का सामर्थ्य नहीं।
कैसे ? मैं शब्दों को जोड़
उससे खेल खेल सकूँ ?
अपने साथियों पे
जिस पर मुझे था अपने से ज्यादा यकीन।
सब एक-एक कर मुख
मोड़ बढ़ते चले गए।
छूटते गए एक-एक कर
बिछड़ते चले गए
बीच मझधार में छोड़कर।
रहा-सहा विश्वास भी
यकीन के साथ टूटता गया।
उम्मीदों के बंधन में
चाँद-सितारे भी छुप गए।
मन के कोरे पन्नों पर
कुठाराघात भी खूब हुआ।
मगर इसके बावजूद भी

कल्पना की चाशनी में
शब्दों ने खूब साथ दिया।
निभाया, विचारों को सजाया और सँवारा गया
भावनाओं को स्याही ने
दवात को रोशनाई को
भावों से भर लिया।
और चल पड़ा शब्दों को समेट
नई दुनिया में
जहाँ, वजूद मिटाने के बाद भी
सुरक्षित होता है रास्ता
विचारों की मंजिल
पुस्तकों के पन्नों में
कड़कड़ाती सुरक्षित ढूँढ़ती
कोई नया ठिकाना।

❑

# रंग

रंग-बिरंगे फूल खिले हैं
मन का कोना है क्यों सूना
लाख जतन कर लो माली
सूखी बगियाँ लुभा नहीं पाती।
दुनिया तो है रंग-बिरंगी
इनसान बन बैठा क्यों कठपुतली
हाथ डोर तो, जोर से पकड़े
फिर भी खुल जाती क्यों मुट्ठी
रंगों को कमजोर न समझे
जीवन में है इसका बड़ा मेल
खुले मन से मित्र बना तो
हो जाओगे सबसे अनमोल।
इंद्रधनुष सा रंग साजे तो
पलभर में देता सुखद एहसास
आँखों में पलते सपने
रंगों से कर देते बरसात।
रंगों का है खेल निराला
धूप कहीं, कभी घनी छाया
रंग भेद ने खूब रुलाया
रंगों ने है सबको मिलाया ्र

# तनहा चाँद

अपनी–अपनी सबने कह दी, यूँ ही चुपचाप खड़ा चाँद
चहुँ ओर का देख नजारा
चुप हो जाता चाँद बेचारा!
दिन–रात की साजिशों में पिसकर
अमावस में दिख कुढ़ता चाँद
बेवफाई के गुमनाम किस्से
सबकी मूक गवाही है चाँद।
सच्चे–झूठे वायदों की पोटली
'पूनम' से काट निकलता चाँद
जज्बातों की नित कहानी
पढ़–पढ़कर घटता–बढ़ता रहता चाँद!
प्रेमियों के विश्वास समेटकर
आश्वस्त करता रहता होगा चाँद
प्रेम परिधि को छूकर
क्षितिज में निकलता है चाँद!
अपने मन को सबने कह दी
यों ही चुपचाप खड़ा था चाँद
साँसों से धड़कन का सफर
सबको समेट खड़ा था चाँद
गम और खुशी, दोनों को लेकर,
हरेक दिलों में रहता चाँद
रिश्तों की बुनियाद समेटे
मन पर काबू रखता चाँद

अपने मन की सभी ने कही
यों ही चुपचाप खड़ा था चाँद।
पत्तों, काँटे और फूलों पर
आँसू टपकाकर रोता होगा चाँद।
खुद को तन्हा समझूँ कैसे?
मुझसे ज्यादा तन्हा है चाँद।
अपनी-अपनी सब ने कह दी
चुपचाप सुन खड़ा था चाँद।

❑

# पत्रकार

चार अक्षर का नाम है मेरा
तब पत्रकार कहलाता हूँ।
कलम की नोक से लिखकर
तलवार-सी धार बनाता हूँ।
खुद गमगीन परेशां रहता
मगर सच्चाई को उजागर करता हूँ।
जान हथेली पर रखकर
जांबाजों सा जज्बा रखता हूँ।
दो लफ्जों को लिखकर कहानी
दुनिया वालों को सच्चाई बताता हूँ।
अंगारों पर चलकर जलकर
खबरों का जखीरा खोजता फिरता हूँ।
रंग-बिरंगी अनोखी दुनिया में
अँधेरी रातों में खबरों के लिए भटकता हूँ।
चार अक्षर का नाम है
मेरा तभी पत्रकार कहलाता हूँ।
दिमाग चोटिल हो उठता
दिल बोझिल लगने लगता जब
पत्रकार पर इल्जाम कड़वा लगता
सीना उसका गोलियों से छलनी होता
पत्नी-बच्चों की चीत्कार
कोई नहीं सुन पाता।
नई कहानी नई सुबह

नित नया पत्रकार का जन्म हो जाता
मगर, गर्व से माथा उठाकर
पत्रकार समाज में है जीता
लाख जतन के बाद भी
शैतानों के हाथों से
चंद रुपए की लोभ में
सच्चा पत्रकार नहीं है बिकता
सर कटा वो लेता, खून से लथपथ हो उठता
लेकिन फख्र सभी को होता
पत्रकार कलम नहीं बेचता।

❑

# प्रेम

एक प्रेम
इंद्रधनुष की तरह
सतरंगी रंगों में लिपट
अपने इर्द-गिर्द समेटे
अनेकों ख्वाब की तरह
एक खूबसूरत एहसास है।
एक प्रेम
काले बादल की तरह
पूरे आसमान पर छाया
कभी बूँद, कभी फुहारें बन बरसे
खामोशी की चादर में लिपटा
स्मृतियों को कुरेदता रहता।
एक प्रेम अंजुरी में समेट
नए पौधे की तरह आहिस्ता-आहिस्ता
हथेलियों पर धीरे-धीरे तुम्हारा चेहरा देखकर
खिलखिला उठता है।
एक प्रेम
जिसे आँख मूँदकर
सोचने को विवश किया
किसे दुःख व किसे सुख मानूँ?
किसे शाश्वत् सच समझे
तू तो बता, झूठ व फरेब है क्या?
एक प्रेम

भँवर जाल की तरह
कभी बढ़े पैर को ठिठका देता
कभी उसे थिरकने को विवश
धड़कनों को तेज करते हुए
मधुर संगीत की आवाज को अनसुना करते हुए
यह पूछ बैठता?
तुम्हें मुझसे प्रेम है?
एक प्रेम जिसकी डगर,
रास नहीं आती सभी को
उसे कैसे अपनाए?
किस तरह से पुकारे?
कैसे संबोधन करे?
उसे यादों में रखा जाए?
क्यों अपनाया जाए?
कैसे विश्वास से रखें?
यह समझ न पाऊँ।

❑

# बुनियाद

तिनका-तिनका चुन-चुनकर
पाई-पाई जोड़कर
जमा-पूँजी
रिश्तों की बुनियाद कैसे जमाई?
बड़ी मुश्किल से बचाई।
तब जाकर बुनियाद जमाई।
थक हार के आज घर में लौटा हूँ
मन-तन-धन को आराम अब दूँ
सुकून से रात अपने आँगन में गुजारूँ।
परिवार-बच्चों के साथ बैठकर
दो जून की रोटी अब चैन की खाऊँ।
दुनिया की नजरों से छिपकर,
चारदीवारी में कुछ पल सुकून की साँस लूँ
मगर, अफसोस!
ये पंच तत्त्व तो शांति से मरने भी नहीं देगा।

❑

# जिंदगी एक जंग है

इनसानों से भी निष्ठुर निकला
न जाने कब का बदला चुकाया
वह तो खड़ा था
सबसे पहले चौखट पर
क्या-क्या सपने थे, उसे पहले
वो जी लेना चाहता
एक झटके से
सुख चैन! भोग विलास
तू थक जाएगा
मुझे दो पल ठहर तो लेने दे
कुछ तो कह लेने दे।
हठी इतना कि तैयार ही नहीं।
व्याकुल, वेग, उफनती नदी-सा ले
तू ले जाएगा।
बहुत तड़पाएगा
सभी हाथ मलते रह जाएँगे।
बचा नहीं पाया कुछ कह नहीं पाया
समेट नहीं पाया 'आशियाना'
अपने क्रोध व जुनून
ले जाऊँगा सिर्फ 'उम्मीद'
हौसलों की उड़ान से
पुनः बनाऊँगा 'एक दुनिया'
आखिर जिंदगी तो 'एक जंग है'

किसी-न-किसी तरह
तुम्हारी ही जीत है।
तुम्हारी मेरी फितरत
भले ही नहीं मिले
लेकिन मिलते रहेंगे हम दोनों बारंबार
जन्म-मृत्यु से भी
ऊपर उठकर याद रहेंगे
एक दूसरे के विचार-व्यवहार।

❑

# डॉल्फिन

धुआँ-धुआँ सा जीवन हुआ
छाने लगा सृष्टि में अँधियारा।
जनजीवन जब त्रस्त हुआ तब
बढ़ने लगी है सबकी बेकरारी
'बचाओ बचाओ' की गुहार लगाई।
मगर अफसोस देखो न
फिर भी डॉल्फिन को बचा नहीं पाई।
सिसक रहे है धरती और गगन
बिगड़ने लगा है पर्यावरण
दूषित होने लगा वातावरण
जनमानस होने लगे हैं व्याकुल।
चारों तरफ मचा कोलाहल
ये देख देखते-ही-देखते डॉल्फिन भी खतरे से घिर ही गई।
सुख-दुःख तो सिमट से गए
बदलाव आ गया है मौसम में
चारों तरफ हाहाकार मचा हुआ है
बिलख रहे जानवरों के साथ इनसान भी।
ऐ देखो कैसा माहौल हुआ है?
प्रदूषण नियंत्रण नहीं होने से
डॉल्फिन का जीवन भी भारी पड़ गया है।
क्यों? आखिर खो गया है सबका विवेक,
अभिशाप से
त्रस्त हो उठे सभी अपनी ही

मूर्खता में फँसे भुगतेंगे हम
जैसी करनी वैसी भरनी
पर्यावरण अब खतरे से नहीं है खाली
डॉल्फिन पड़ गई सब पर भारी
कटघरे में खुद खड़े हो गए हैं हम
हर निगाह को चाहिए जवाब।
अनगिनत प्रश्नों में उलझ गए
सही जानकारी को तरस गए हम
हैवानियत की सीमा कब टूटेगी?
अब डॉल्फिन को सुरक्षा कैसी होगी?
जानना चाहता है अब हरेक इनसान।
सबकुछ तो हाथों से फिसल रहा
ये देखो न, पर्यावरण नष्ट हुआ
अंतरआत्मा की चीत्कार सुनो,
जागरूक हो, सबको जगाओ!
कब तक पुकारेगी धरती,
मानवीय संवेदना के लिए पुकार,
नदी, समुद्र रखना है साफ तो डॉल्फिन को बचाओ!

❑

# भ्रूण

पुरुषों का मुकद्दर में तो
नई दुनिया का खुला आसमां हूँ।
एक हाथ में मोबाइल, लैपटॉप
दूजे हाथ में गाड़ी की चाभी
अँधेरे को चीरते हुए मैं तो
सूर्योदय की सुनहरी धूप
घर-आँगन की बेटी है तुम्हारी
हौले-हौले नूपुर बजाती
खन-खन की मधुर आवाज
हरेक आँगन की सोन चिरैया,
सूना हो जाता है नभ मेरे बिना
चूड़ियाँ खनकाती, मेहँदी लगाती
सुने सको तो सुनो, देख सको देखो!
भ्रूण हूँ, बेजान पाषण नहीं
जिसे जब चाहा मशीनों से तोड़ दिया
समय रहते जाग जाओ!
अब भी समय है सँभल जाओ।
पंख खोल दूँ तो उड़ान बन जाऊँगी मैं तुम्हारी।
स्वाभिमान को जंग से लड़कर
मैं नहीं अब अबला नारी।
अपने बल पर स्वयं बढ़ूँगी
चुप्पी साध नहीं डरूँगी।
मेरा जीवन मुझे जीने दो।
मुझे धरा पर हँसकर आने दो। ❑

## जीवन

मैं कौन हूँ?
तुमने मुझे पहचाना नहीं?
बड़े लाड़-प्यार से रख सजाई गई।
मगर लालच की आँधी ने हिलाकर रख दिया
कहीं का नहीं छोड़ा,
विकास के जुल्मों तले, कुचलकर मार डाला।
टुकड़े-टुकड़े कर काटा गया था मुझे
और, मैं चूँ भी नहीं कर सकी।
बस! बेबस होकर छटपटाती रह गई।
ओह! याद है मुझे, कितनी बेदर्दी से घसीटा।
सरेआम सड़कों पर तमाशा बनाया गया
ओफ्फ! मेरे बालों को बेरहमी से नोचा गया
मैं उफ तक न कर सकी,
चीखती भला कैसे? बेशरमी को ताक पर रखकर,
खूब नोचा खसोटा गया मुझे,
और मैं चुपचाप सिसकती रही,
सर को भी धड़ से कलम कर दिया गया था,
दरअसल! सच्चाई यह थी कि
मैं कत्ल किया गया था, हत्या की गई थी।
मैरी मरी नहीं थी, मार दी गई थी।
शायद! इसलिए मैं सड़ी नहीं,
चुपचाप गुमसुम पड़ी सब सुनती रही।
पुनर्जीवन लेना था मुझे तड़प रही थी, कसमसा रही थी।

बेबस! लाचार! चीत्कार रही थी।
हृदय छलनी हुआ जा रहा था मेरा, जब
गगन भेदी इहाको के बीच, कैसे कहूँ?
किस शब्दों से व्यथा बयां करूँ?
शब्द नहीं है मेरे पास, निष्प्राण! हो रही थी।
मेरी बोली जो लगाई जा रही थी।
खूब! मोल-भाव हो रहे थे।
नोटों की गरमाहट से सुलगी रही मैं
तड़पती, कसमसाती, पुकारना चाहती थी
मगर, किसे?
मानव बने व्यापारी को या स्वयं को?
मेरा जमीर, वजूद दोनों जिन्दा ये था,
मुझे तो पुनः जीवन मिला था। पल्वित पुष्पित होना था।
मूर्ख! अभी भी वक्त है, सँभल जा, वरना
सुकून की साँस नहीं ले पाएगा।
अपनी धरोहर अमानत को क्या लो पेड़ लगाओ, वृक्ष बचाओ!
जीवन खुशहाल बनाओ!

❑

# बेटी

अजीब सी टीस उठती? मन में हूक सी लगती
माँ! की सलाहकार
पूरे घर की प्यारी सहेली
कब चुपके से बड़ी हो गई बेटी हमारी।
रहमतों से भरपूर
सृष्टि की अनुपम देन
ईश्वर की अनमोल संरचना
चंचल परी, चितमोहिनी पहेली
कब चुपके से बड़ी हो गई बेटी हमारी।
खाते-खेलते बीत गया सलोना बचपन
छूट गए, पीछे मायके के घर-आँगन
ढूँढ़ती रह गई भाई की खुशियाँ
पीछे रह गई नैहर की गलियाँ
कब चुपके से बड़ी हो गई बेटी हमारी।
आँगन में तुलसी चौबरे
चौखट पर स्नेह दीप जलाती।
हाथों में हिना रचाती
ओढ़नी ओढ़ दौड़ती-भागती
पूरे घर में नूपुर बजाती
कब चुपके से बड़ी हो गई बेटी हमारी।
यादों से रँगकर महावर
बीता दिया कब सलोना बचपन
हाथों में खनकाती चूड़ियाँ

आज हो गई उसकी सगाई।
दरवाज़े पर बजेगी शहनाई।
कब चुपके से बड़ी हो गई बेटी हमारी।
माँग सजाते हो जाएगी परायी
सोच-सोचकर आँख भर आई
एक-एक रिश्तों को जोड़ती
सभी के सुख-दुःख है पहचानती
हँस-हँसकर मन है बहलाती।
कब चुपके से बड़ी हो गई बेटी हमारी।
दोनों कुलों को मन से निभाती
अपने गम को खुद है बाँटती
खुशियों को जी भरकर जीती
हरके रिश्तों में जीना है जानती
तभी तो बेटियाँ सदियों से पूजी जाती स्नेह की पुजारिन
कब चुपके से बड़ी हो गई बेटी हमारी।

❑

# जज्बात

जज्बात की पोटली खोलकर
लफ्जों से शब्दों को जोड़कर
जब भी लेखनी ने कुछ लिखना चाहा
सामने में तुम्हारा ही चेहरा नजर आया।
तू ही, बस! तू ही
विचारों की आँधी ने
यों ही सभी परतें खोल दीं
और फड़फड़ाने लगे सबके-सब पन्ने!
सोचती कुछ और लिख जाती कुछ और
कभी पन्ने पलटती तो कभी रगड़ती।
अनायास गुनगुनाने भी लगती।
हद तो तब और बढ़ जाती जब
कभी फूलों को नोचती-बिखेरती
कभी पन्नों को तोड़-मरोड़कर मसल देती
कभी घंटों चाँद-तारों को बैठ निहारती
नदी के बहाव को देख हुलसती।
कभी मौसम पर झुझलाती रहती,
धीरे-से कभी हौले-हौले मुसकाती
सच में, इतना भी आसान नहीं,
यह मैंने जाना, अपने और अपनों की मन की बातें
कलमबद्ध कर, उसे कागज पर अंकित कर उकेरना।
वास्तव! में वास्तविकता यह है कि
दहलीज पर रहकर हो हमें लेखनी से उकेरना
उन कुछ खनक अक्षरों को
जिसे पन्नों पर झिलमिलाते देखकर
खुश कर सके।
अपनी व्यथा न लिख सके जिसे पढ़ सके कोई। ❑

# मुसीबत

अब तक किताबों में पढ़ा था
लोगों से सुना था, सबने यही कहा था
सुख के सब साथी, दुःख में न कोई
पढ़–सुनकर भी बात समझ न पाई।
यह सब झूठ है, मोह–माया का जाल है
सांत्वना देती रही, मन बहलाती रही।
नहीं–नहीं ऐसा नहीं हो सकता।
ऐसा भला हो सकता है ?
दिल–दिमाग का द्वंद्व चलता रहा।
सुख में झूम–झूमकर नाचने–गाने वाले।
अपनों के दुःख में मुख मोड़ लेंगे ?
नजरों को फेर लेंगे ?
अकेले छोड़कर भाग जाएँगे ?
हवा के तेज झोंके ने
सभी गिरे हुए परदों को उठाकर बेनकाब कर दिया,
जल्द ही स्वयं को आईना दिखा दिया।
सच ! में दर्पण झूठ नहीं बोलता
सबसे नजदीकी रहने वालों ने मुसीबत के नजदीक आते देख,
किनारा कर लिया।
अपनापन और दुलार पानेवाले हवा के तेज झोंको से,
तिनकों की तरह उड़ जाने के भय से,
छिटकाकर दूर खड़ा कर दिया।
मुसीबत, घर में घुसते

मुँह अपनों का ही घूम गया
जिसे कहते रहे सभी अपना
वही बन बैठा, वक्त पर सयाना
और ढूँढ़ते रह गए हम सभी
अपनों के बीच में अपना खोया हुआ 'ठिकाना'।

❑

# अभिनंदन

हे माँ! तुम्हें नित मेरा अभिनंदन
शत-शत चरणों में वंदन,
माँ, तुम्हें नित मेरा अभिनंदन
खुशियों की सौगात बाँटती
कष्ट को पलभर में हर लेती।
हे माँ! तुम्हारे हरेक रूपों का वंदन
तुम्हें नित मेरा अभिनंदन।
तुम ही अंबे, तुम ही हो काली
तुम हो सबकी विपदा हरनेवाली।
नित तुम्हें वंदन, माँ के चरणों में
शत-शत अभिनंदन।
भक्तों की आशाएँ तुम हो
प्यार, दुलार, मनुहार भी तुम हो।
नैतिकता का विश्वास तुम्हीं हो।
माँ तुम्हें है वंदन, शत-शत अभिनंदन
हे माँ शारदे।
बगिया की कलियाँ भी तुम हो
प्रेम रस की धार भी तुम हो।
वाणी की ओज भी तुम हो!
माँ तुम्हें है नित वंदन, करते है तुम्हें
हम अभिनंदन माँ शारदे!
मेहनत का परिणाम तुम हो।
आस्था की शक्ति तुम हो।

श्री की प्रिया भी तुम ही बनी हो
माँ तुम्हें अभिनंदन, शत-शत है वंदन!
जीवन का आधार भी तुम हो।
मन की कर्मभूमि भी तुम हो।
कर्म की ऊर्जा भी तुम हो।
माँ तुम्हारी वंदन शत-शत है अभिनंदन
कुरुक्षेत्र की बीज तुम हो।
संस्कारों की नीव भी तुम हो
जीवन का आधार स्तंभ भी तुम हो।
माँ शारदे! अभिनंदन माँ! तुम्हें वंदन
विश्व का कल्याण मंत्र हो!
ज्ञान की मंजूषा भी तुम हो!
सोच की बुनियाद भी तुम हो!

❑

# ग्रहण

छुटपन में सखा संग,
छल-प्रपंच से कोसों दूर
बाल सुलभ हठ खूब करते।
खेलने में हरदम मगन
पल में कुट्टी, पल में दोस्ती
आपस में यूँ ही उलझते रहते।
घंटों बतियाते रहते, कभी ठठाकर
खूब हैं हँसते, ऐसा होता है बचपन।
एक-दूसरे पर जान छिड़कते
उन सभी बच्चों के बीच,
खींच दी गई 'आरक्षण की दीवार'
होठों की निश्छल हँसी छिन गई
और खड़ी हो गई
'एक जातीय दीवार'
मासूमियत के चेहरे पर,
पोतकर चढ़ा गई, जातीयता 'आरक्षण के मुद्दे और लफड़े।
मित्रता में लग गया 'ग्रहण'
झुलस गया बेफिक्र 'बचपन'।
चढ़ा गया 'राजनीति का लेप'।
धीरे-धीरे यादों में सबके पीछे छूटा कोरा 'बचपन'।
अब तो हाथों में माइक, झंडे और बैनर।
होने लगे नित सड़कों से संसद् तक आंदोलन
सभी के बीच पीस रहा 'आरक्षण'।

राजनेताओं के साथ खूब खेल रहा था 'आरक्षण'।
अब भी समय है 'चेतना' जगाओ,
संदूक में बंद 'आरक्षण' को कुंडी चढ़ाओ।
आरक्षण के लाभ-हानि
को पहचानो,
'मासूमियत' को लौटा दो आजादी,
छुड़ा दो ग्रहण से आरक्षण की चाभी।

❑

# माँ

हरेक दर्द की अचूक दवा हो तुम।
फूलों सी सुकुमारी प्यारी माँ हो तुम।
वक्त पर पत्थर सी कठोर हो तुम,
जी घबराए तो, स्नेह की प्रतिमा हो तुम।
अनुशासन की पहली शिक्षिका हो तुम,
हरेक दर्द की अचूक दवा हो तुम
बिंदास जिंदगी जीने की कला हो तुम।
भँवर में नैया मेरी डगमगाती हो तो,
पथ-गामिनी बन राह दिखलाती हो तुम।
पतवार बनकर हमें सँभालती हो तुम।
हरेक दर्द की अचूक दवा हो तुम।
कल्पनाओं को मूर्त रूप देनेवाली हो तुम।
पंखों के उड़ान में गति बनाती हो तुम,
खुद से मेरी पहचान उजागर करानेवाली होली हो तुम।
अंतर्पीड़ा से मुझे उबारने वाली हो तुम।
खुलकर मुसकराने की आजादी देने वाली तुम।
हरेक दर्द की अचूक दवा हो तुम।
प्रकृति के श्रृंगार से भरपूर चाहत हो तुम।
आँचल की ओट से मेरे स्वयं का वजूद हो तुम।
निर्भय होकर स्वतंत्र उड़ान भरने की दिशा हो तुम।
आँखों में शर्म-हया को पहचान बनाना सिखलाती हो तुम।
हाथों में ताकत हिम्मत थमाती हो तुम।
हरेक दर्द की अचूक दवा हो तुम।

चरणों में तेरी गंगा, जिसने जीवन मेरा सँवारा
संस्कारों को पाठ पढ़ाती, शिक्षा की अलाव जगाती
सौम्य सूरत है मेरी, ममता की मूरत खड़ी
मेरी जन्मदात्री, सबसे दुलारी। प्यारी, सबसे न्यारी,
माँ तुम हो भोली–भाली।

❑

# बेबस परदे

आखिर ये जुट ही गए
मैदान में खड़ी भीड़ देख
नेताजी अचकचा के चारों ओर ताकने लगे
थोड़ी देर को स्तब्ध खड़े ठिठक भी गए
मैं तो वायदे करता रहता हूँ हर बार फिर,
निभाता भी नहीं एक बार,
उद्धार भी मेरे हाथों नहीं हुआ ये कैसे ?
फिर ये कैसे जुट जाते हैं बारंबार ?
नेता को तो देते हैं जो भर के गाली
फिर भी घेरकर मैदान में खड़े हैं बेचारे!
मन में अहंकार का भाव कुलबुलाने लगा
इतराते हुए, गर्दन को और ऊँचा कर घुमाया।
जय हिंद, मन-ही-मन कहा, बेबकूफो
सिवाय आश्वासन के कुछ हाथ नहीं आएगा।
जयघोष! के साथ भाषण शुरू हो गया।
थोड़े समय से ज्यादा लंबा का हो चला
लेकिन यह क्या ? जनता का सब्र टूट गया।
सबकुछ मटिया मेट जनार्दन कर दिया
भीड़ का भेद खुलकर नेता के सामने आया।
बैनर-पोस्टर लुटने लगा, हाथ किससे लगे
मंच न लगा, उसे पाने और लूटने का शोर।
दबंगों और मजबूतों में लग गई होड़
नेताजी मंच पर ही सहमे खड़े

चुनावी दिन याद आने लगे
शर्म से चेहरा छुपाने को जगह ढूँढ़ने लगे।
ऐसे ही तो एक-एक वोट लूटते रहे हम
दौड़कर परदे के बने बैनर में छुपना चाह रहे थे
नोट-शराब को लुभाकर सीट बचाने को खड़े थे।
अबकी पता नहीं किसकी होगी सरकार?
बोलो न? जनता दरबार? क्या करेंगे?
पोस्टर, बैनर का ये हाल।
क्या बताऊँ साहब! फटे चिथड़ों से झाँकते
यौवन को, इसी बैनर के परदे टाँग
इज्जत को छुपाएँगे।
ओह! इतने सयाने हो चले हो।
ऐसे परदे से तो गरीबों की खूबसूरती ढक
जाएगी, जनाब! कुछ करना होगा सरकार।
इस बार झंडा-बैनर छोटे-टुकड़ों में बँटकर लहराएगा,
आँखों में चमक दौड़ पड़ी
भीड़-भाड़ में भी,
परदे के पीछे की बेबसी
फिर से नंगी खड़ी नजर आ गई।
ओफ्फ! ये! भीड़ तेरी धक्का-मुक्की
बेकार हो चली है।
तू किसके-किसके परदे लूटने पर पड़ी है।

❑

# प्रकाश पुंज

जल रही धरती
बिजली गिरा रहा आसमान।
मानव संवेदना कहाँ लुप्त हो रही?
क्यों? जीवन का स्पंदन गौण हो गया
चेतना कुंठित हो गई
धरा पर विष-अंकुर फूट पड़े
वातावरण के कण-कण में।
प्रेम दया-करुण मौन हो रही,
कैसे जी रहे जीवन मर-मर के
उलझनें रोजाना मँडराती ही रहतीं।
मानवता उलझाकर सब रख देती।
उत्तेजना हावी प्रबल हो उठी।
पसर गया है सन्नाटा।
रह-रहकर घुमड़ रहा सवाल
प्रश्नों की लड़ियाँ न टूटतीं
काश! यहाँ जाति, रंगभेद, धर्म की
चर्चा नहीं होती।
पग-पग पर काँटों का चुभना
ऐसे माहौल में मर्यादा औषधी बनती
सृष्टि के गहरे चिंतन को, मर्म भेद
नहीं पाया।
नैतिकता के पाठ अनमोल
कोई सच्चा साधक ही समझ पाया।

रामराज्य-सा सत्य यहाँ था
मगर, स्वार्थ के ज्वार-संग लेकर
जनहित की दीवार बहा ले गया।
वक्त अभी भी है अर्जित
हे मानव! जाओ उठो!
आलोकित करो मानव मन को दिप्त
आत्म की लौ से, बुझते दीपक को
जलाओ। बनाओ 'शाश्वत प्रकाश पुंज'
जिसे देखकर व्योम भी मुसकरा उठे।

❑

# चिरैया

अकसर सुबह नींद से बोझिल
अलसाई मैं जी भर सोना चाहती
ये हठी, ढीठ, फुदगुदी चिरैया
मुझे जी भर के सोने नहीं देती।
ओफ्फ हो! ये चीं चीं कर मानो संदेश
यह देती ऐ मुसाफिरो।
हरेक स्याह रातों के बाद उजाला भी है।
उसे आँगन में स्वतंत्र विचरते देखकर भी
हमारी छोटी सोच को लगने लगता है
कैसे वो चावल के कणों को चुन रही है
और हम उसे भी बुहारकर समेट देते
आँगन की गंदगी को बीन-चुनकर
सफाया करनेवाली, बेफिक्र बेरोक-टोक
अपना काम तमन्यता से करती चिरैया
फिर भी समझ नहीं पाते।
जिंदगी की अनमोल सीख देती
फुदगुदी का धूप-छाँव सा जीवन है
कितना भी बड़ा दु:ख का बदरा हो
उसे उड़ा देता है मंद पवन का झोंका।
ठीक उसी तरह पौ फटते ही जगकर,
सबको जगाती, पंखों को फड़फड़ाकर,
यह बतलाती बीती हुई बातों को विसार दो।
तुम नई स्फूर्ति से उठो,

थक जाओ! पर उठकर, आगे बढ़ो
निराश नहीं रखो। डरो। मगर, आगे बढ़ते चलो तुम!
अपने तन–मन की कमजोरियों से
भले ही दाना–पानी देना भूल जाऊँ
लेकिन स्नेह से भीगती फुदगुदी चिरैया, मेरे चौबारे आना नहीं भूलती।

❑

# कोंपलें

अरे! देखो! देखो न!
क्या हुआ ? बोलो न ?
ओफ्फ! बोलना कहाँ है ?
उठकर देखो तो सही,
हाहा हा हा हह हह ह ह धत!
ऐसा मनोहारी सीन, सच में,
यहाँ तो ठूँठ में भी कोंपलें फूट पड़ी हैं।
बिल्कुल सही! कानों में आवाज सुननी पड़ी
'कभी हम भी तुम्हारी तरह सयाने थे,
एक दूजे में खोए, प्यार के दीवाने थे।'
कब दिन कब कट जाती रातें, ऐसे
अल्हड़ मस्ताने थे! हाँ! लेकिन यह भी सच है,
आज की तरह मटर गश्ती नहीं की थी।
दरअसल, सरेआम! मिलने की आजादी
तो ब्याहता के साथ भी नहीं थी।
अपनी ही अर्धांगिनी से मिलने पर पहरा था।
आपस का लगाव भी अनबुझी पहेली-सा था।
आपसी रिश्तों में दुराव-छिपाव नहीं था।
लेकिन प्रेम की फसलें खूब लहलहाती थीं।
सच में, हरेक मौसम भी फागुन जैसा मस्त था।
यह मखौल उड़ाने का समय नहीं,
इसमें हँसने की कोई बात भी नहीं,
अतृप्त मानसिक सुकून का नाम प्रेम है

लाज, संकोच और अभाव के परदे तने थे
हम दोनों ने चाँद-तारे एक साथ नहीं देखे थे।
प्यार, मोहब्बत की कसमें नहीं खाईं थी,
इश्क के जुनून में सच्चे-झूठे वायदे नहीं हुए।
'वेलेंटाइन' जैसे प्रेम पुजारी से अनजान रहे
प्यार की वासंती कोंपलें फूटना अब चाहती तो,
बेरहम जमाना माखौल उड़ाने सामने आ गया।
कटाक्ष के तीर चुभोने लगा?
ऐ धरा के मुसाफिरो! मुझपर मत हँसो
ठूँठ में भी जान बाकी है।
आज नए पल्लव को आने दो। खिल जाने दो।
एक-दूजे पर मर मिटने दो।
प्रेम कोपलें फूट जाने दो।

❑

# रोटी

हाथो में पोतना लिये
मिट्टी के चूल्हे लीपती, राख निकालती,
उस चूल्हे को पोतती माँ!
बस! वह सोंधी महक नथुनों में घुस गई।
सौंधे रहस्यों की परतें कहती कहानी
प्यार, समर्पण और संघर्षों से जूझता
एक एहसास है।
जिसे झाड़-पोंछकर सँवारना माँ! की
समझदारी को निखारता।
दुःखों को चूल्हे पर गिरे वाष्प की तरह,
उड़ा देने का ठानने वाली,
सच कहूँ? दूजा कोई सानी नहीं
तुम्हारे इस दुःखों का अंत करें
की ठान, मैं उस रोटी को छोड़
शहर की सड़कों पर दौड़ चला।
गरम गोल रोटी मिलती थी थाल में
चूल्हा कब चलता, कब बुझ जाता शहर में
लोई रख दो, रोटी बन आए
वक्त के साथ सबकुछ बदलता चला गया
तवे की रोटी छुपाकर हाथ में डबल रोटी
कब थमा दिया गया।
यादों के चश्मे रोटी खिसक गया।
रोटी की याद घरों तक पहुँच पाती

प्यार से झोंकती, मनुहार कर रोटी
तोड़कर खिलाती।
झरोखों के पन्ने से माँ का चेहरा
नहीं भुल पाता।
माँ के गाँव
से आते छूट गया पोतना।
सुनहरे सपने बुनने में रोटी
कहीं दुबक गया।
शहर की हवा में उड़ गया
रोटी पर बोलना-बतियाना।
सीख लिया बस! रोटी पकड़ जीना
माँ की साँस छूटते
रोटी गुजरे कल की हो गई।

❑

# मानवता

सुनकर उनकी राम कहानी
भर आया आँखों में पानी।
कहाँ गई ओ नन्ही मुनिया
कौन सुनेगा दादी-नानी की कहानी?
कहाँ गई कागज की कश्ती
छूट गए क्यों गिल्ली-डंडे
खो गया? सुहाना बचपन
झरने लगा आँखों से पानी।
रोटी-कपड़ा और मकान
चाहता है हरेक इनसान।
मानवता के चोगे पहनकर
कैसे घुस गया शैतान?
कौन थे? वे मनहूस शख्स
जिसने दी थी उसे पनाह।
पाल-पोसकर जिसको सींचा
घर में छुपा बैठा था हैवान।
इनसानियत का कत्ल हुआ
बेकसूर भी मारा गया।
छटपटा रहे थे बेबस-लाचार
भीग गया था माँ का आँचल।
ईश्वर-अल्लाह की होती मेहरबानी
बदल जाती मासूमों की जिंदगानी
हो जाता ऐसा चमत्कार!

सज जाता फिर कहानियों का संसार
लौट के खुशियाँ घर को आती
ऐसा सुंदर माहौल बनता
खत्म हो जाता ये खून–खराबा
खिला रहता बच्चों का गुलिस्तां।
छीन लिया लड़कपन बच्चों का
थमा दिया, कब कट्टा–हंटर?
धड़क उठा था दिल बेचारा
काश! जाता फिर बच्चों का बाजार
गूँजने लगता लोरियों का संसार।

❑

# मन के मैल

बारिश ऐसी झूम के होती
मन के मैल बहा ले जाती
अहम हमारे डूब जाते
घमंड टूटकर चकनाचूर हो जाते।
क्लेश सभी खत्म हो जाते
बारिश ऐसी झूम के होती
मतभेद के किले ढाह दिए जाते
गुस्से के पहाड़ भरभरा कर गिरते
बरफ–सी जलन जम जाती
नफरतें जिंदा दफना दी जातीं
कुविचार आँधी में उड़ते
मिलकर सभी पकड़ न पाते
कलह फिसलकर गिर जाती
लोभ पैरों तले कुचला जाता।
बारिश ऐसी झूम के होती
स्वार्थ लड़खड़ाकर गिर जाता।
लालच फिर सिर पर नहीं चढ़ता।
कड़वी जुबान का ताला न खुलता
चोरी का नामोनिशां मिट जाता।
मित्रता सबका मान–सम्मान बढ़ाती
ऐसी बारिश झूम के होती।
मन के मैल बहा ले आती।
कामयाबी मित्रो! की भाती

मन सुमन पुलकित हो उठता
सफलता पर हैरान न होता
दु:खों से परेशां नहीं होता
सबसे खुले हृदय से मिलता
ऐसी बारिश हो जाती
मन के मैल बहा ले जाती।

# नव संवत् 'पैगाम'

नए साल का पैगाम
पहले आपके नाम मित्रो!
आओ! यादों को हम सहेजे
स्वागत नए संवत् का करें।
मित्रता है सुंदर गुलदस्ता
गले मिले खिल जाता गुलिस्तां।
नए साल का पैगाम
पहले आपके नाम मित्रो!
मुसकान है मदमस्त पिटारा
खुले हृदय से अपनाया करो।
तकलीफ को बताया करो
लय-धुन से बाहर भी जिया करो।
समय भले अनबुझ पहेली
कभी पहल तुम भी किया करो।
नए साल का पैगाम
पहले आपके नाम मित्रो।
कदम हमारे बहक जाएँ तो
खुलकर बातें किया करो
अनजानी हो डगर हमारी
सही राह बताया करो।
नए साल में निर्मल काया
मानसिक सुख दिया करो।
अंतर्मन हो जगमग रौशन

नव संवत् का स्वागत् करो।
तुम हो मेरे सबसे हितैषी
दुनिया को दिखाया करो।
नए साल का पैगाम
पहले आपके नाम मित्रो।

❑

# औरत

हाथ खड़ग पकड़
वो निकल पड़ी है।
धरा से गगन नाप चुकी वो।
अपना सम्मान बढ़ा चुकी
आज की नारी जाग चुकी है।
भारत माँ! की शान है निराली
यह सब वह जान चुकी है।
नारी बिना तो नर भी नहीं होते
औरत नहीं थी कमजोर कभी
अब तू भी समझ ले बंदे अभी
त्याग-दया की मूर्ति पर कभी
मत करना तुम दुर्व्यवहार
पल में तोला पल में माशा
नहीं सहेगी कोई अनाचार
आज की अवनि लाचार नहीं
सारी दुनिया की है उसे पहचान
भारती स्वयं को जान गई,
चहुँ ओर परचम लहरा रही।
देश परदेश में झंडे गाड़
नभ-जल-थल नापती बारंबार
उसकी हर एक अदा अनोखी
आदर्श यथार्थ सबको निभाया

❑

# फरियाद

सिसक-सिसककर रोने वाली
तू कल तक थी जग में अबला नारी।
अपने दंभ पर बढ़ने वाली
तू देना जानती हो मुँह तोड़ जवाब।
सदियों से तुम हो अभिमानी
फाड़ धरती का सीना,
उसे पलभर में समा जानेवाली अवनि,
नहीं मानी कभी दुराचारी से हार
कैसे चुप्पी साध वो रहेगी
क्यों सहती रहेगी अत्याचार
बेबसी की चादर उतारकर
वह करना जानती है फरियाद।
कल्पना, शायना, मलाला
जैसे अँगुली पर हजारों नाम।
काँप उठती धरती-अंबर
वो रहती अज्ञानी अगर।
सहेजना जानती हरेक सैलाब
मन हताश और घर की लाज।
सदियों से सृजन गढ़ती
मुरझाए चेहरे को तरंगित आशा देती।

❑

# बेबस

आज की नारी बेबस क्यूँ?
विश्वास की डोर कमजोर बड़ी बनाकर
चारों ओर उसके जाल बुन देती,
आँखें खोल चौकन्ने होने के बदले
वो मकड़ी के जाल में उलझ जाती
घायल हिरणी-सी गति बनाकर
बेबस होकर छटपटा उठती।
भोलेपन में चतुर शिकारी की
मंशा वो भाँप नहीं पाती।
उदासी का ओढ़ लबादा,
मन-ही-मन घबड़ाती रहती है।
जुबान से कोई बात न फिसले
डर-डरकर वो जीती है।
दुनिया भर को वो सुनकर
दिन-रात वो घुटती रहती है।
जीवन के अँधेरे में रहकर
मौत को सामने आने को कहती है
तमाम अच्छाइयों के बाद भी
स्त्री स्वयं ही जकड़ी जाती है।
रुको! ठहरो! अपने अंदर की
चेतना को जगाए रखो।
जिंदगी हो जाएगी हरपल आसान।

❑

# खूबियाँ

चिड़ियों की चहचहाहट से नींद खुली,
सारी रात जाग सोकर ही बिताई थी।
मन अधीर हो रहा था, बेचैनियाँ बढ़ गई,
तमाम खूबियों के बाद भी गरीब की बेटी
दहेज के कारण नापसंद कर दी गई थी।
कर्ज में डूबकर, समाज से लड़कर गई,
बस्ते के बोझ कांधे उठाए बेटी मुसकराती बढ़ी।
कुछ उसने सुना, उसे सुनाया भी गया,
मगर वो बिंदास, अनसुनी कर आगे बढ़ती रही।
बेचारी! अब क्या होगा इसका?
कहाँ से पिता दहेज के दानव का मुँह
बंद कर पाएगा?
अपनी फिकर को छोड़ सब हो रहे थे परेशां
किसी के पास नहीं थी इस दहेज के ताले की चाभी,
हो रही थी अनपढ़ गँवार लड़के की भी शादी।
अनमेल ब्याह का किस्सा भी बहुत बेटियों को तड़पाता।
सबकुछ देख, सुन, अंतर्रात्मा भी झकझोर उठता।
ऐसी-ऐसी कौन थी बीमारी, जिससे पिस जातीं बेटियाँ हमारी।
हरेक पिता हिम्मत है बढ़ाता परंतु
दहेज के कारण बेटी पैदा करने से हिचक जाता।
खूबियों को किया उजागर, हुनर को दिखाया है भरपूर
आज हो गए सोचने को सब मजबूर,
लाख चुराओ चाहे तुम सपने,

बेटियों के कदम को रोक न पाए अपने।
पूरे करेगी वो सब सपने, रौनक बढ़ाएगी घर अपने।
पूरा गाँव हुलस पड़ा लेकर अखबार उछल पड़ा।
बन गई फौलाद हमारी, पढ़कर बड़ी अधिकारी
जिसके पीछे दहेज खड़ा था, वह बन रही थी बेचारी।
आज उसके घर चौखट तक, पहुँच रही थी सरकारी गाड़ी।
उड़न खटोले से वो ऊँची हो, भरेगी आसमान से उड़ान
कल तक पीछे थी वो दुनिया के, अब हो गई, खुद की पहचान।
अपनी खूबियों को पहचान, निकल पड़ी थी वो नादान।
हाथ जोड़कर वो आज दो शब्द को मीडिया से बोल पड़ी।
"है कलम में ताकत तो भर दो ऐसे स्याही,
दहेज लोभियों के हाथों में पोत दो काली स्याही।"
अपना चेहरा खुद वे पोत ले, पढ़-लिखकर बढ़ जाए
घर-घर में बेटी-बहन हमारी, खूबियों से खिल जाएगी फूलों की क्यारी।

❑

# खामोशी

यों मेरी खामोशी को नजरअंदाज मत करो।
ये गरम लावे की तरह है
कभी भी फूटकर सब बहा ले जाएगी।
तुम्हें पता होगा?
खामोशी। अपने अंदर एक सैलाब,
छुपा रखे का साहस रखती है।
शायद! हद से आगे पहुँचने से पहले,
तूफानों को खामोशी से थामने की हिम्मत भी है।
देनी हो अगर परीक्षा जीवन में तो
ऐसे तो जज्बातों को दफन कर सीने में
खामोशी अँगारों सी दहकती है।
यों तो खामोशी! संकेत है, परेशानी का
कई बार, ऐसी सोच सही भी नहीं होती।
खामोशी'! को कभी दरिया-दिली समझने की भूल मत करना।
फट पड़ी तो भू पर छिपने की जगह नहीं बचेगी।
देखो! धरा-गगन के बीच पीस गई है खामोशियाँ!
सुनो! आज ये खामोशी की दीवार गिरानी होगी।
उतार फेंकने हैं अपने ऊपर ओढ़ाए गए उन लबादे को
जिसने खामोश रहने को कह हमें कमजोर बनाया।
ओ! मूढ़ ये खामोशियाँ! अब मुखर नहीं होंगी तो
तुम्हारी बेबफाई कैसे बेनकाब होगी?
एक बात कभी को होगी, दिल-दिमाग से अपनानी।
खामोशी! को मौन स्वीकृति मत समझना।

भय के साये में खामोशी को लुप्त न होने देना।
एक छोटी चिनगारी शोला बनी तो फिर सँभल नहीं पाएगी।
यह तो सच है
खामोशी संकेत है, परेशानी का।
मगर कई बार सोच सही दिशा नहीं बताती।
इस सत्य से मुख छुपाया नहीं जाता,
ये खामोशी नई सुबह की दस्तक है
स्त्रियों के नए आगाज, शंखनाद, हकीकत और शक्ल की!
वो खामोश! नहीं रहेगी।
बात पते की गाँठ बाँध ही लेना।
यों मेरी खामोशियों को नजर अंदाज मत करना।

❑

# जीवन राग

पुकारती चली
आ बसंती बयार
बावली रुक! तुम कहाँ चली?
झूमकर, लहराकर, इठलाकर
मस्ती में पलटी, मुसकाई
कोई जवाब दिए बिना,
बढ़ चली, अरे! रुक तो
कहाँ चली? कहाँ उड़ी?
धरा को देखा
वो तो लहलहा रही
खुद को परखा
पीली सरसों-सी खिली थी
झटपट-से मैं तैयार हुई
धानी बाली से लहँगा सजा
पीली फूली सरसों की चूनर ओढ़
लाल कपाल माथे सजा।
उड़न खटोले पर बैठने चली
ओ बावली, तू कहाँ चली?
मौसम से किया किल्लोल
फूलों के फागुनी घोल
सजा दिया मदमस्त माहौल!
आलस ने भी पालकी अब उतारी
आने लगी सभी को अँगड़ाई!

पुकारती बिरहण सी मैं दौड़ी!
ओ बसंती बयार! कहाँ चली?
आमों पर मंजरियाँ बौराई!
भौरे! ने मधुर गुँजन गान किया
कोयल, पपीहा ने छेड़ी मधुर तान
कामदेव चलाए नयनों से बाण!
वीणा के तार झंकृत हुए
लोक-परलोक मुग्ध हुए
राग-रागिनियाँ नृत्य में झूम उठी
नयनों से रस-पान खूब हुए
अलहड़, बेपरवाह, लड़कपन यौवन छुपाते,
मृगनयनी, कुलांचें मारती कहाँ चली?
पलटती, हँसती, झोंके मारती
पलभर को भी तू न ठहरती
कहाँ चली? कहाँ चली?

❑

# दास्तां

जब याद की बदली घुमड़ती है
तब आँख मेरी भरकर छलक जाती है।
सुनाते हम किसे अपनी दर्द दास्तां।
कमजोर लगी मुझे अपनी कहानी।
सुनी हमने जब, दु:ख भरी उनकी निर्झरी।
आँखों से बहने लगी अविरल सहस्त्रों धाराएँ।
जुबां की बात ओंठों से बाहर आई।
बहुत बड़ा सैलाब बहकर, बैठा था मन के अंदर।
मेरे गमों के कुछ पन्ने थे, ये तो पूरी किताब छुपा रखी थी।
एक-एक शब्द लहू-से गरम कानों को तड़पा रहे थे।
दिमाग की नसों को क्रोध से बेकाबू कर रहे थे।
मुट्ठियाँ भींचकर, खुद को घायल कर गई।
कंधे से दुपट्टा फिसलते ही,
पहली बार अपनों के बीच शर्मसार हुई।
आँखें तो अपनी ही पलकों के बोझ से,
बेजान हो, पथरा ही गईं।
अब तो हद ही हो गई
जिधर से गुजरो, घर की दीवारें भी घूरने लगी।
रो-रोकर काटती दिन व रातें
सूजी पलकें, घायल ओंठ, ठंडा दिल,
गली-मोहल्लों से खींच चौराहे तक ले आई।
आदमकद परछाई पैरों से रौंदती रही।
हलाल होती रही मासूम, गुहार किससे लगाए?

अखबारों, मीडिया का साथ मिला,
मरा हुआ जमीर उठा, सबकी बखिया उधेड़ डालूँगी।
सबके चेहरे का नकाब उघाड़, जिंदा लाश की आवाज
मैं करूँगी उसकी शक्ति बन भीषण शंखनाद से संहार!

❑

# इंतजार

चौखट पर खड़ी वो इंतजार करती
सभी बच्चे खेलते–कूदते वो राहें ताकती
प्रार्थना सभागार में दीदी रोजाना कहती
"माता–पिता होते हैं, जग में सबसे अच्छे"
वे जब भी आएँगे, बच्चों को लेकर जाएँगे
जी भर के तुम बातें करना
उनसे अपने हिस्से की लोरियाँ सुनना
बच्चे! तुम गुब्बारे खरीदवाना। लेकर हाथों में उन्हें उड़ाना
मैं तो राहें ताकती उनकी, थक बहुत जाती हूँ।
ये मम्मी–पापा कौन है, कहाँ से उनको आना?
घर होता है, कैसा अपना?
वहाँ क्या हम सब साथ रहेंगे?
मेरे नए भाई–बहन मिलेंगे?
दीदी कहती, करो प्रार्थना,
"ईश्वर सुनते सबका कहना।
दीदी कुछ समझती नहीं,
ईश्वर! रहते आँखें मूँदे।
वे कैसे? पहचानते मुझको?
अल्लाह! तो हरदम सोए रहते।
जीसस के तो हाथ पैर खुद बँधे रहते।
हम लोगों की कैसे सुनेगा करुण पुकार
दीदी! तुम कितना बहलाती हमें,
सपनों में घर आकर खुब डराती

सच बताऊँ? दीदी मुझे, माँ–पापा की याद है आती
हम बच्चे हैं 'उनका गहना'
हाथ जोड़ करते हैं प्रार्थना!
कब मिलेगा, हमें दुलार?
ऐ वार्डन दीदी, तुम ईश्वर से भी झगड़ा करोगी।
ओ दीदी, मम्मी–पापा क्यों हैं लाचार?
कब तक करेंगे, हम सब उनका, चौखट पकड़ इंतजार।
दीदी! गूँगे, बहरे, अँधे, सोए, ठुके हुए ईश्वर से तुम भी कहना।
बच्चे होते मन के सच्चे, तुम सुन लो उनका कहना।

❑

# नदी

मानो तो, मैं तुम्हारी माँ हूँ
मगर, मेरे किनारे पर
सन्नाटा पसरा इतना क्यों?
बहुत वेग कम हो गई हमारी
लहरें भी अजीब खामोश क्यों?
नई इमारतों को खड़ा करने की खातिर
साल दर साल दूर कर दी जा रही क्यों?
मौन भाषाओं में बातें अब हैं होती
सिर्फ कफन में लिपटे लोग ही
अब नदियों किनारे ही आते क्यों?
लौटाना चाहे भी हमारा गुजरा कल क्या?
लौट पाएगा, हमारा आकार
वो स्वच्छंद जीवन, अस्तित्व वो वेग
आगामी पीढ़ियों को अब कैसे?
हवा, पानी जंगल और नदियाँ
खुद से पूछो न?
इनके दूर जाने का कारण
आखिर क्यों? हमारी संवेदनाएँ मौन हैं?
हमारे संस्कार
परवरिश में कौन सी कमियाँ रह गई हैं?
बारंबार एक सवाल
कौंध रही है क्यों
खोई-खोई नदियाँ मेरी माँ!
तू मौन हो, सिमट गई क्यों? ❑

# बयार बसंती

प्रेम में बौराई
अपना वजूद समेटे
स्वतंत्र व्यक्तित्व की स्वामिनी
चंचल, चपल, सलोनी,
मंद-मंद मुसकाती, ये देखो!
बसंती बयार इठलाती बह चली।
सुरमयी संगीत बिखेरती
विहँस-विहँस सरसराती
देख पिया मदमाती झूमती
मोहिनी मूरत बन शरमाती
मन-ही-मन सकुचाती, लचकाती
ये देखो! बसंती बयार बह चली।
हवाओं के तरन्नुम में
डाल-डाल और पात-पात इठलाती
परिंदों का संगीत थामती
हौले-हौले बलखाती
कोरे कागज पर शब्द गीत बन जाती
संपूर्ण चेतना जगाती
ये देखो!बसंती बयार चली।
बोंसाई को पीछे धकेल
पीली सरसों की पौधे लहराकर
गुलाबी ठंड सुरमयी संगीत सुनाती
नए पल्लव को उसकाती, ललकारती

नील गगन तले स्वछंद विचरती
कल्पनाओं को तेजस्वी तेज भर के
ये देखो! बंसती बयार बह चली।
पंचतत्त्व पर अमृत-रस बरसाती
चहुँ दिशाओं में नवजीवन फैलाती।
तिलिस्मी दुनिया को ललकारती
लहलहाते खेतों, खलिहानों, जंगलों में
प्रकृति, प्राणियों में प्राणवान बन समाती
अविरल प्रवाह बन बहती
ये देखो! बसंती बयार बह चली।

❑

# क्षमा

मैं जननी तुम्हारी
पाकर मैं तुम्हें धन्य हुई। मगर निःसंकोच मैं करूँ स्वीकार
मैंने तुझ पर खूब किया है 'अत्याचार'
जब भी मैं थकती तुझे देखकर चिढ़ती झुँझला उठती
नींद में खलल जो पड़ती।
धीरे से ही पर मैं न चूकती, एक चपत लगा ही देती।
मीठे सपने में तुम सोते, आकर तुम्हें जगाती मैं,
कान उमेठ, झकझोरकर स्कूल ड्रेस पहना देती।
बिस्तर गीला करते तो देकर सजा झट से नीचे खड़ा कर देती।
सच कहने से हमें न रोकना
जो भी तकलीफ दी है चुप आज हम खुद न रहेंगे।
उसे खुले मन से स्वीकार करेंगे।
माटी का ढेला रखा मुँह में हमने
मिर्च मिलाई उसमें। आज निकलेगी मन की बात।
बारिश की बूँदों देखकर, कागज की नाव तुमने चलानी चाही,
इतने बड़े व्यापारी की नाव हमने तोड़-मरोड़ डुबाई। पानी की बाल्टी
आँगन में गिराकर, हमने अरमान तुम्हारा बहाया।
अभी कहाँ, खत्म हुआ जुल्मों का अंत
कपड़े पहनने की आजादी
पर था गहरा पहरा। ज्यादा हीरो मत बनो।
पढ़ाई और लिखाई में आते हो 'जीरो'।
नहीं मिलेगी, अभी तुम्हे साईकिल की चाभी
शाम ढलते ही घर आ जाओ

तुम बड़े हो सहना ही होगा।
कभी तुम छोटे हो तुम्हें रहना ही होगा। अपनी परिस्थितिनुसार
करती रही मैं तुम सभी पर भावुक अत्याचार
तुम्हें नहीं जाना है भाड़ में जाए! भले दोस्त
मैं नहीं बदलूँगी आज तो वक्त आया है
'जब सब प्यार उमड़ आया'
तुम्हें! टॉप के कॉलेज में नामांकन पाना है। सबकुछ पलट गया हो जैसे
बेटा! तुम्हारे भरोसे भेज रही, खयाल रखना।
अपनी मोटर साईकिल चलाना सिखा देना
बहुत दूरी है, कैसे पैदल जाएगा? बहुत सारी शंका को छोड़कर
मनपसंद सब बन रहा, पता नहीं कब आएगा?
बेटा! फोन करना मत भूलना।
हो सके तो, मेरी सख्ती को भूल जाना! मुझे क्षमा करना।
मैंने भूत, भविष्य को देखकर वर्तमान सँवारने को
तुमसे अपना भी दिल दुखाया है।
क्षमा करना छुट्टियों में घर आ जाना!
'परदेशी' होना 'अजनबी' मत बनना। क्षमा कर देना।

❑

# उलझनें

उलझने जीवन में बहुत है गहरी, उससे कैसे हम बचा करेंगे?
ऐ मेरे मित्र! तू ही कुछ बता, किससे नफरत और किससे प्यार करें?
हरेक चेहरे के पीछे तो छुपे हैं राज गहरे, नजर नहीं आते जल्दी सच्चे चेहरे
मुखौटे में छुपे हैं कई बनावटी चेहरे, अब तू ही बता दे?
कौन है मेरे, अपने कौन पराये? करते रहे शक हम यूँ ही, कब तक
और किस पर ऐतबार करें? इस भरी दुनिया में सभी तो है अकेले
अब तू ही बता किससे गम की बाते कहें?
ऐसे तो किताबों में है, लिखी बातें बड़ी,
लेकिन उसे पढ़ने की फुरसत नहीं, उलझनों को यूँ ही उलझाने की आदत पड़ी
सच कहने की हिम्मत भी होनी चाहिए, चंद पन्नों पर ही सब किस्से छपे हुए है।
कैसे कहें हम अपनी जुबानी, यहाँ तो हरेक हाथों में,
भरी किताब है रखकर समेटा। उलझनें तो बहुत ही अटकी पड़ी
कौन है अपना, कौन है सच में पराया।
चेहरों के पीछे छिपे मुखौटे को पहचाना है बहुत मुश्किल
मानव के ऐसे मन का कैसे हो, भरोसा?
डर-डरकर कब तक हम यूँ ही दबाते हम रहेंगे।
अब तो अपनी चुप्पी हम तोड़कर ही दम लेंगे।
अपने ख्वाबों को यूँ ही दबाते हम रहेंगे।
अब तो अपनी चुप्पी हम तोड़कर ही दम लेंगे।
जिसने हमें है, उलझनों के झमेले में फँसाया,
उस शक्स के चेहरे सरेआम
बेनकाब कर के ही दम लेंगे। खामोशी से यूँ ही हम सब नजर अंदाज करेंगे
मगर हुँकार की शंखनाद से, जल्दी ही सब बखिया भी उधेड़ेंगे।

देखना अब तो, हमें ये है मित्रो! उलझनें बड़ी है या मित्रता? दोस्तों?
खून के रिश्ते मजबूत है या पराये का वायदा किया सच्चा साथ मित्रो?
डगमगाई नैया के साथ चलने में कौन-कौन उलझनों को फेंकता
राहें बनाता चला, सब दर्पण सा नजर आ जाएगा। चाहे कैसा भी तूफान आए मित्रो!
विश्वास की डोर से, सब उलझनों को उड़ाकर किनारे पर छोड़ देंगे।
बस याद यही है रखना हमसे ही है उलझनें, उलझनों से हम नहीं

❑

# साँसें

मन का रथ, तेज से दौड़ रहा है, कहाँ रुकेगा, ये किसी को मालूम नहीं।
जैसे-शहरों में खो गए खेत व दुआर, कहाँ गुम हो गए है, मेरे गाँव व ज्वार,
सुन रहा लोगों की अब ये! जुबानी बातें, यहाँ भी बन जाएगा, जल्द बिग-बाजार।
चर्चाओं ने अब जोर है पकड़ा, गाँव का भी मिट जाएगा, अब इतिहास
सोच-सोच मन खूब ही घबराया, कैसे जी खा पाएँगे, भाई-बंधु हमारे।
नाई हमारे ईंट बिछाकर, पीपल छाँव में रहते
धूप चमका, सबको सूरत मुफ्त दिखाते।
माँज उस्तरा, गुनगुनाकर मनोरंजन भी करते बेचारे!
हो जाती बोहनी, तो चूल्हे जलते घर में आज, सिर पर टूटी छतरी तान कर
कालू मोची दिन भर करता है इंतजार! बोरिया-बिस्तर पर बैठ वो,
फटे, किस्मत की चादर सिलता। हरेक मौसम से बेखौफ होकर
रधिया काकी कुएँ से मीठा जल भरती ही रहती
मँतमू काका की ठक-ठक से पूरे दिन-रात लोहार
धौकनी चलती ही रहती, वैध जी की चूरन गोली तो
बड़े-छोटे बच्चे सयाने रोगी के मन भा जाती। हाजमा हो जाए,
कभी-कभार गड़बड़, दौड़ जाओ सब, भोलूआ के घर। वही मिलेगा, छाछ!
अभी कहाँ पूरी हुई, कहानी बोरी बिछा,
बिना तराजू के ही यहाँ लग जाता है बुढ़िया काकी का बाजार।
कहार की मटकी होती, देशी फ्रिज, चीनी-सौंफ का करती है बेसब्री, इंतजार
अनेक जरूरतों से भरा हुआ यह गाँव का मेरा सस्ता बिग बाजार।
दरवाजे बड़े, खिड़कियाँ छोटी भले हो यहाँ मगर रहनेवाले, हैं दिलदार!
मकई की रोटी, करमी का साग, उस पर मटकी में डाला गया अचार।
दाल मिलती या कभी तरकारी रहती सबको,

खाने की बहुत बेकरारी। अँगोछे में सतु, चुड़ा गुड़ सब
बाँधकर फाँक चबेना, धूप से घूमते ही रहते
रोग-व्याधि से कोसो दूर हो मिलते खेत-खलिहान पलभर में घूमकर आ जाते।
ऐसे सुंदर, पर्यावरण को झकझोर हिलाकर,
तहस-नहस कर देगा, बेकार।
पिज्जा-बर्गर के घुसते ही, खत्म हो जाएगा गाँव का मेरा,
चलता फिरता बाजार। मानव मन तरक्की के तू सीढ़ी चढ़ा।
मगर, भारत के शिमला-मसूरी को गाँव से दूर ना करो।
प्रकृति को खुलकर, हमारे गाँवों में तो जीने दो,
'हमें अभी' खुलकर साँस लेने दो।'

❑

# क्या करूँ?

नामवर लेखक के हाथों से उपहार कलम पाकर,
आज मैं भी इतरा उठी,
चलो। आज से ही कुछ लेखन विध मैं भी शुरू कर ही दूँ।
मगर, क्या लिखूँगी? कहाँ से लिखना शुरू करूँगी?
मेरी लेखनी, लिख पाएगी?
मेरे शब्द के जज्बात? अपनी आजादी के गीत?
आधी आबादी की उड़ान? पंखों के मरोड़ने की पीड़ा?
बंद दरवाजे के पीछे का सन्नाटा?
सिसकने के घुटन भरे दर्द? उस भूख को, जिसके नाम जिस्म बिके?
दास्तां बेबसी और लाचारी को? जिसके हाथ पीले, बूढ़े अभ्यासी से हुआ,
कैसे लिखूँ उस हरियाली की पीड़ा, गाँव, चौपाल और गौशाला?
जहाँ, खल गए है अब 'सुपर बाजार? कैसे? कहाँ और कब?
कलम उठाकर लिखूँगी? लेखन से सच की कैसे कहानी?
बुजुर्गों की मान-सम्मान या उनकी दुर्दशा की सत्यता।
मोक्षदायिनी, मुक्ति मार्ग की 'माँ' विभिन्न प्रकार की गंदगी?
भ्रष्टाचार, कालाबाजारी, कालाधन, किसानों की आंतरिक पीड़ा?
भ्रूण हत्या की गई, लोथड़े? यौन उत्पीड़न से बरबाद हुआ 'जीवन'?
आखिरकार मेरी लेखनी उठ ही गई। थरथराती कंपन के जन्म रोककर
वो चल रही, लेकिन चुप न रही।
'निर्भय 'स्वतंत्र' अपनी राह।

❑

## सन्नाटा

मेरी गुस्ताखियों की सजा मेरे सूने पड़े मन–आँगन को न दो।
मुँडेर की शोभा बढ़ा दो और चिरैया! तुम आया करो।
देखो न, सूनी पड़ गई है गलियारे, चौपाल और दुआर
आँखों में सपने छुपे हजार सबके सब गुमसुम पड़े हैं।
मौन–मूक, पथराई, अलसाई सन्नाटों ने बहुत सहा है,
चुप्पियों भी हदें पार कर गई हैं। कोलाहल, से गुंजायमान कर दो,
ओ चिरैया! मैना, कबूतरी, एक अदद विनती तुम सुन लो,
बंद दरवाजे के पास दस्तक दे, तन–मन के सन्नाटे को तोड़कर
तन्हाई से मेरे जीवन को उबार लो। सूने पड़े, झाँझर आँचल में,
सिर्फ एक कली, फूल–फलती, ममता की मुरत सी, अंकुरित हो
आ जा! ओ चिरैया, कुछ दीपक बन भूल–भागकर, अपनी बगिया सजा जा,
अधकुचली, अंकुर भ्रूण! मेरी जान! दूध से जमी हुई है छाती,
तू मेरी फुदकती नन्ही परी! चुलबुली, चूल्हे से दाना–पानी ले जा
तू एक बार सन्नाटा पसरा तोड़ जा।
आ जा, तू आ जा मेरी फुदगुदी 'बिटिया'।

❑

# सावन

सावन झरते बूँदें,
कभी धीरे कभी लेकर तेज हिलोरें।
कारे बादल घुमड़े आकाश
देखन में लगे डरावन दिन-रात।
मंद-मंद चले हवा पुरवाई
मनोहरी शाम सुरमई मन को भाई।
झूले देख व्याकुल नैन
हुलस गई बगिया में देख फूलों की क्यारी।
इंद्रधनुष से सजे आँखों में
सतरंगी सपने छुपे बादलों के बीच।
मिट्टी से सौंधी ?
खुशबू बता रही इश्क के इजहार।
धानी रंग घाघरा
पीली चुनरी से करके श्रृंगार।
मेहँदी से नाते
जोड़कर सिल पर पीस रंग सजाती।
जुगनू की चमक
झिंगुर बादूर की बोली नातेदारी निभाती।
प्रियतमा की तन्हाई
सावन में भी आग ही लगाई।
पिया की पाती भी आती तो
तड़पते हृदय को कुछ राहत मिलती।
बाग-बगीचे, ताल-तलैया

सबके सब मौसम में होते बेकाबू।
कोरा मन का आँगन
साजन सावन में साथ निभाओ।
मेघ घुमड़कर बरस न जाएँ
उससे पहले आकर मिल तो जाओ।

❑

# इंद्रधनुष

इंद्रधनुष के सातों रंग
भर दे, मन में बहुत उमंग।
आसमान से तोड़ सितारे
शिक्षा का अलख जगाएगी।
बच्चे बूढ़े और सयाने
साथ में नन्ही मुनिया होगी।
ख्वाबों को चुनते-बुनते
चाँद से चाँदनी चुरा लाएगी।
फूलों के जैसी खुशबू आती
जिस घर में बेटी है होती।
हौसले के तिनके जोड़ती
इनसानियत की दीवार बनाती।
धरा को जन्नत-सा सजाती
घर की रौशनी बेटी बढ़ाती।
हाथों में क़लम दे दो तो
नवसृजित इतिहास रच वो देती।
लिंग भेद को जड़ से मिटाकर
भ्रूण को अभयदान मिलता।
बस! पंखों में दो उड़ान
पल भर में अंबर छूकर आ जाएगी।
एक माचिस की तीली से तो
नभ में चिराग जला जाएगी।
कर्म पथ कर आधार बना लो

माँझी की तरह भँवर पार कर देगी।
बादलों में बछेंद्री बनती
एवरेस्ट पर तिरंगा फहरा देगी।
कल्पना की उड़ान बनकर
चाँद से सैर कर आ जाएगी।
बस! जज्बातों को यूँ मत कुचलो
साक्षी सिंधु को तुम खूब सराहो।
ममता की आँचल में पलकर
इनसान की भाषा पढ़कर।
एक बार! सिर्फ एक बार तुम
अवसर देकर, फिर आजमाओ।
आज नहीं! कल की भी सोचो।
मुनिया तो परचम लहराएगी।
बाँध तिरंगा माथे पर वो,
तीनों लोक नाप के मुनिया
घर में वापस आ जाएगी।
बच्चे, बूढ़े और सयाने साथ में नन्ही मुनिया होगी।

❑

## वक्त

ऐ खुदा।
जब तक दे मुझे साँस।
आज तो मन में तरंग है।
फिजाओं में तरन्नुम है।
मौसम बड़ा ही अनुकूल है।
चारों तरफ कोहिनूर है।
मगर, वक्त के हाथों
न जाने कितने बेबस हुए
जलजलों के अंगारों ने
आँखों से आँसू सुखा दिए।
रिश्तों के कितने ही नामोनिशान मिट गए।
पंचतत्त्व से बने शरीर को
पंचगव्य ने ही सींचा।
मौसम के थपेड़ों ने खूब
हँसाया कभी बरसों रुलाया।
वक्त ने किया उदास,
लेकिन मैं हुआ नहीं निराश
मुझे तो सदा रही 'जीवन से आस'।

❑

# रैन बसेरा

कभी यहाँ खड़ा था। इंतजार में,
हमारे हाथों से लगाया गया हरा-भरा यह पौधा
देखते-ही-देखते
कब बड़ा हो गया।
घनी शाख में निकलतीं रोजाना
कोमल सुंदर पत्तियाँ।
धीरे-धीरे जमने लगे बसेरे
पथिकों का न जाने कब बन गया ? विश्रामलय
आते तो थे दो पल को और
ठहर जाते घंटों।
बतियाते सुख-दुःख सबकी गवाही का साक्षी।
न जाने कितने मुसाफिरों को
घर का पता बतलाने वाला बरगद।
कभी सोचा भी नहीं था
विकास की आँधी में उड़ा दिया जाएगा 'बड़ा बरगद'।
यों ही एक दिन ढनमनाकर
गिरा दिया जाएगा बीच सड़क।
और वह गिर पड़ेगा 'बेबस'
लुढ़का पड़ा है अभी भी जैसे—
सो गया हो रास्ते पर विशालकाय हाथी।
और उसे उठाने को चारों तरफ से हों घेरे खड़े बहुत सारे 'महावत'।
आकाश में मँडराते पक्षियों के शोर, तरह-तरह के कोलाहल करते।
समय से पहले जैसे-उठकर चले गए।

रूठकर, रोते-बिसूरते, कलपते
क्योंकि, वे नहीं देख सकते
अपनी ही शाख को यूँ तड़पता।
रैनबसेरे को यूँ तितर बितर होते
उजड़ जाते उन घोंसलों का जिसमें सुबह-शाम का कोलाहल था।
काट दिए गए थे न जाने कितने अरमान
पुराने दरख्त का मिटा दिया गया है अब नामोनिशान।
नहीं मरा है तो मेरे हिस्से का 'इनसान'।
मेरे अंदर का हौसला
वो 'विश्वास'
मैं पुनः अपनी जगह खोजकर
लगाऊँगा नई पौध उसे सींचूँगा।
क्या उसकी छाँव मिलेगी तुझे?
धत्! ऐसा होता तो मैं और तुम
आम-इमली न चखते।
बचा नहीं सका तो क्या?
वक्त रहते रैनबसेरा तो पुनः
बसाने का प्रयास करें।

❑

# तलाश

जब होती है हमें अपनों की तलाश
वे दूर तक नजर न आएँगे।
कहने को तो रिश्तों से बँधे हुए हैं हम।
आप किसी को अपना दुखड़ा सुना
थोड़ी भावना से जोड़ना चाहते हैं?
मगर, अफसोस! आपके सामने तलाश अधूरी रह जाएगी,
गम सुनने वाले नजर चुराते बढ़ जाएँगे।
माना, आपके जीवन की कमजोरी थी
आपने दूसरों के दुःखों को अपनाया।
जितना भी बन सका, सहायता की,
खुद को मुसीबत में देख
तलाश शुरू की,
खुद का लाख-लाख शुक्रिया।
समय रहते तलाश की पोल खुल गई।
रिश्तों के बंधन में जकड़ने से तलाश
अब तक अधूरी ही अटकी पड़ी रहती।
बहुत भाग्यशाली होते हैं वे लोग जिनकी तलाश पूरी हो जाती।
एक बात है पते की कहनी, मानो या न मानो तलाश
अभी धरती पर अंजान रूप में रब मिल जाएँगे।
इनसान के रूप में तलाश अधूरे पूरे कर जाएँगे।
अगर गलती से अपनों को तलाश किया
वे दुबारा नजर नहीं आएँगे।

❑

# पूनो का चाँद

रिश्तों की अनमोल गाँठ बाँधकर
नभ से नीचे झाँकता रहता चाँद।
चाँदनी रात का कर के बहाना
लहरों से आँख मिचौली खेलता चाँद।
कभी डुबता कभी तैरता रहता
सुर से जैसे ताल को मिलाता चाँद।
सागर से अठखेलियाँ भी खेलता
झुरमुट में से कभी खिलखिला उठता चाँद।
लहरें तट पर आती-जाती रहती
मासूम हवाओं संग आहें भरना चाहता चाँद।
बदरा बनकर झुम-झुक के बरसे
कभी पूनो तो कभी अमावस बन प्रेमी को हरशाता चाँद।
आँख मिचौली बच्चों के संग खेलकर
चंदामामा बनकर बहलाता रहता चाँद।
प्रेमी के साथ सात जन्मों का बंधन बनकर
दिल से दिल तक जुड़ जाता चाँद।
जीवन-मरण के कसमें वायदों का
एक सच्चा गवाह विश्वास बनता चाँद।
पत्थरों की सर जमीन पर देखते रहे हम
सुंदरता के लिए अनेक उपमाओं से नवाजा गया चाँद।
चाँद का दीदार मुश्किल नहीं होता
मगर, सबके मुकद्दर में चाँद बेदाग नहीं मिलता।

❑

# तिरंगा

कैसे भूल जाए हम उनकी कुरबानी
कभी गदर कभी हमले का निशाना साधकर
सिर पर बाँधकर कफन
जिसका रोज निकलता जनाजा
सरहद पर मुस्तैद खड़े रहते
गोलियों की बौछारें देखकर
खेलते हैं वो खून की होली
भूल जाते हैं दीपावली, दशहरा
घर-संसार का फर्ज होता कैसा ?
अफसोस! मगर थोड़ा भी,
मातृभूति के सेवा कर नहीं होता
जितना दर्द सीने में यह सालता
"कितने घरों और जिंदगियों पर
ग्रहण लगा, परिवार बिछड़ गया"
खुशियों के दीपक घर के दरवाजे
अभी तक चैन से जल नहीं पाया।
काश! अहिंसा मित्रता के भाव अमर हो!
सच्चे मन से अपनाते,
सुख-शांति के परचम हम
देशभक्ति की भावना के लौसे जलाते।
मानवता के पवित्र पाठ को पढ़कर
शान से तिरंगा हम घर-घर लहराते।

❑❑❑